BLACK SWAN 黑天鹅图书

为 人 生 提 供 领 跑 世 界 的 力 量

BLACK SWAN

20几岁，你为什么

害怕来不及

林夏萨摩 著

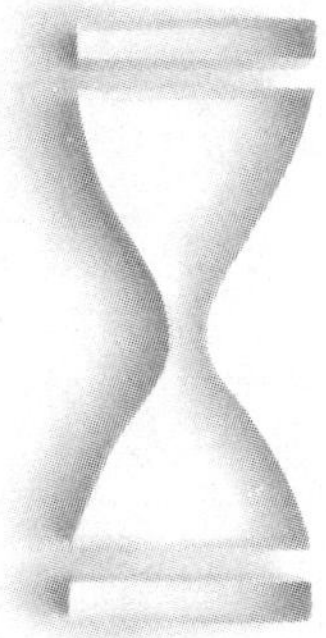

IN TIME

中国友谊出版公司

图书在版编目（CIP）数据

20几岁，你为什么害怕来不及 / 林夏萨摩著. —北京：中国友谊出版公司，2016.4

ISBN 978-7-5057-3572-9

Ⅰ. ①2… Ⅱ. ①林… Ⅲ. ①随笔—作品集—中国—当代 Ⅳ. ①I267.1

中国版本图书馆CIP数据核字（2016）第037110号

书名 20几岁，你为什么害怕来不及

作者 林夏萨摩

出版 中国友谊出版公司

发行 中国友谊出版公司

经销 新华书店

印刷 北京温林源印刷有限公司

规格 880毫米 × 1230毫米 32开

8.25印张 178千字

版次 2016年4月第1版

印次 2016年4月第1次印刷

书号 ISBN 978-7-5057-3572-9

定价 36.80元

地址 北京市朝阳区西坝河南里17号楼

邮编 100028

电话 （010）64668676

推荐序一

成长没有快捷键

刚满21岁的时候，我度过了一段“迫不及待”的生活。

一切都怕赶不上，一切都怕来不及。

那时候我正在读研，也刚开始写东西，心里的愿望像肥皂泡一样膨胀，又迅速地在现实面前败下阵来。

我希望自己能尽快地毕业，如果能读博士的话最好了，不能读也要尽快找到一个毕业后可以留任的实习公司。除了帮着导师做课题，写论文，从研一就开始研究博士招生简章，我还投实习简历，看“职场通关秘籍”，恨不得能一脚踏进世界500强，另一脚还能踩上博士录取通知书。

我希望自己能尽快写出来点击量过百万过千万的热门文章。天哪，我已经21岁啦。张爱玲也不过二十来岁就写出了《沉香屑》等让文坛震惊的作品，萧红彼时也已经写出了《呼兰河传》，而我还是个灰头土脸的女学生，一切都懵然不知，一切都迷茫困惑。别说像她们一样写出流芳千古的著作，我连一篇心灵鸡汤还写不好。在这个成名要趁早的时代，我简直太晚了。

不知道有多少二十多岁的年轻人和当时的我一样，害怕来不及，害怕被世界和潮流远远地甩在身后。

但是我们都忘了，这个世界上从来没有“速成”这回事儿，成长也从来没有“快捷键”。

在大多数人都害怕来不及的时候，却只有一少部分人思考如何才能将碌碌无为的每一天都过得充盈丰富。

这就是林夏萨摩在这本书里讨论的话题吧。她提供了价值观，更提供了方法论——如何才能不让计划全部落空，如何同时具备梦想力与执行力，如何才能独立而强大、温柔又炙热地活着。

我们所生存的这个时代，枪炮和硝烟都已远去，个人的命运终于可以紧握手心，但那么多人仍然深陷困境。这种困境，多半来自于现实和理想的落差，只是很少有人像林夏萨摩一样，看得明白透彻，做得尽力坦荡。

所以如今的我，年岁渐长，心态却越来越平和了。我开始只担心成长的速度跟不上年龄的增长，再也不用自己的成就去对比艳羡他人的成就，再也不用每一个清醒的白日去做无谓的梦。

我找到工作，发现职场上没有什么通关秘籍，世界500强也需要有人从打印文件、邮寄产品做起。

我继续写作，发现除了少数天赋异禀少年成名的作家之外，大多数作家都用漫长的生命燃烧着才华。他们甘愿过上单调、乏味、规律的生活，牺牲一切放纵来保证写作时的精力。

这其中，没有“速成”，没有“快捷键”，只有日复一日的“工匠精神”——敲击、修正、打磨，直到巨石露出人形，直到画布现出山河。

欢迎你来到二十多岁的世界，我们成长得很慢很慢，但一切都敌不过“死磕”。

畅销书作者　伊心，著有《我比谁都相信努力奋斗的意义》

推荐序二

做梦想忠诚的守护者

认识林夏的文字，最初是因为那篇《你才20岁，为什么总怕来不及》。仿若一个午后的时间，手机里、电脑上，各处都留下这篇文章的痕迹，无数迷茫的年轻人在字里行间张望着人生的解答，我却在一遍遍阅读中，惊叹这文字清爽利落，没有一丝拖沓，带有惹人喜爱的坚定。

后来林夏的文字被传播得越来越广，我渐渐就了解到这样一个女孩子，她曾任数职，做文案，策划，执行，翻译，生活热闹精彩；她坚持写字，哪怕时间有限，也始终心怀梦想，充满能量。林夏这个把生活过得丰盛的姑娘，和她的文字一样，生动并且坚定，在生活的路上，一直是个梦想忠诚的守护者。

这是林夏的第一本书，《20几岁，为什么害怕来不及》，收录了很多非常有参考价值的文章，写给二十几岁偶尔迷茫困惑的年轻人。在这个鸡汤文字满溢的时代，林夏这样清醒的文字，对在校园里或者刚刚走入社会的年轻人具有很实际的指导意义。在这本书中，林夏用一如既往的利落风格，写成长，写爱情，写梦想，慷慨地把生活中的经历分享出来，耐心地去解释二十几岁年轻人的生活里所会遇到的人生难题。

我十八岁到二十二岁读大学的这四年期间，度过了一段非常迷茫的阶段。突然不必再去遵守高中的校园规范，可以穿上喜欢的衣服，把电话放在口袋里，就连谈恋爱也不再有人管，这过量的自由让人过度兴奋。可是我的生活里失去苛刻的规范，失去了为高考奋斗的目标，这样的自由便显得十分多余。我逃课，发胖，在青春里摇摇晃晃，不知道要做什么，也不知道要去向哪里。如今的我时常想，如果那时，我的书桌上能够摆上这样一本书，那么我那些美好的青春，是不是就会用去做更有意义的事情，而不是眼睁睁地看着它白花花地流走?

我后来用了五年时间去拼命弥补那四年里为自己留下的遗憾，这大概就是成长的代价。可是当这一刻的你手中拿着这样一本书的时候，你其实不必像我一般，重复浪费青春的途径。人生必定有要独自克服的艰难，可是阅读和分享，使我们绕过了不必要的荆棘，把更多的时间和精力，用来为梦想做出努力，让更美好的自己和人生能够提早一点到来。

林夏写过这样一句话，如果没有人看见我，那我就站在有人能看见的地方。我一度为这样发自内心的话而流眼泪，在追逐梦想的途中，我们每个人都是渺小的个体，会摔倒，会碰壁，会失误，会差一点点就成功，可是如果一心坚持下去，就终有一天会站在人生的顶峰，俯瞰不一样的风景。

翻开这本书，去读一读林夏的文字吧，你会发现，那些美好的文字，来自一个梦想忠诚的守护者，也写给更多的正在守护梦想的人。

畅销书作者　杨熹文，著有《请尊重一个姑娘的努力》

目录

Chapter 01 / 01

你才20几岁,为什么总怕来不及

我一直都觉得,害怕,是这个世界上最无用的东西之一。害怕,是因为前方的道路漫长而未知;害怕,是因为现在落后于别人很多;害怕,是因为怕终究无法成为自己想要成为的人。可是没有关系啊,只要你愿意努力,愿意去改变,任何时候都来得及。

Chapter 02 / 77

姑娘，你不努力，你想指望什么

你有没有想过，今天你羡慕的那些人，那些混得风生水起、风光无限的人，他们拥有怎样独特的能力或才华，经历了多少暗黑的时光，付出了多少苦逼的努力，流过多少汗水和泪水，才换来今天这样一个像是开了外挂一样的金灿灿的人生？

我们生活的这个世界，有太多的人，对自己的现状不满，把难堪或窘迫的处境说成是现实强加，生活所迫。将将就就，犹犹豫豫，前怕狼后怕虎，不满现状，又不愿意改变。兜兜转转，过了一生。但你真的是没的选吗？你只是不想选而已！

Chapter 04 / 193

用力地生活，只是因为拥有想要守护的人

这个世界上，没有任何一个人的生活是不用受委屈的，没有任何一个人的生活是不用经历烦恼和痛苦的，我们都一样。而我们每一个人，之所以那么努力地工作，那么用力地生活，不过是因为，我们每个人的生命里，都有想要守护的人，可能是恋人，可能是家人。

Chapter 01

你才20几岁，为什么总怕来不及

我一直都觉得，害怕，是这个世界上最无用的东西之一。害怕，是因为前方的道路漫长而未知；害怕，是因为现在落后于别人很多；害怕，是因为怕终究无法成为自己想要成为的人。可是没有关系啊，只要你愿意努力，愿意去改变，任何时候都来得及。

· 03 ·

你才20几岁，为什么总怕来不及

1

今年6月，有一个1994年出生的学妹给我打电话。她对我说，她很迷茫，很害怕。

她说，没想到一转眼就大三了，很快就要大四了，感觉自己好像随时要毕业的样子。可是当她回头去看过去三年的时光，都不知道自己究竟干了些什么，专业没有好好学，恋爱也没有正经谈过，社团里也只是随便打个酱油。感觉自己好失败，好像什么事情都做不好。不知道一个这样的自己，要怎么面对明年的毕业？

· 04 ·

她说，可是这样一个平庸的自己，身边却有很多厉害的人。她认识从大一开始就利用寒暑假的时间四处旅行、拍照的学姐，如今已经开始给旅行杂志供稿子；她认识大二时就交换去美国常春藤名校的学长，现在已经在那里读研，继续深造；她还认识大三时就已经有了自己设计工作室的同届同学，接了几个不大不小的单子后，现在工作室已经小有名气。

可是，反观自己呢？好像一无所长，走在人群里随时都会被湮没。

她又说，明年就要大学毕业了，可是自己并不知道毕业以后要做什么。现在学的专业，并不是她喜欢的，当年高考过后，只是随便填了学校和专业。没有想过，那个时候的选择竟然直接绑定了以后的人生。她好羡慕那些目标很明确的人，要么就是从事本专业的工作，要么就干脆跨行做一点别的，可是她连个确定的答案都没有。她说该怎么办啊，好像做什么事情都来不及了。

她说，好像过了20岁以后，时间一直在快进，有太多的东西想要尝试，有太多的事情想去做，有太多的远方想要到达，可是好像根本来不及啊。她突然觉得好害怕，她害怕自己就这样匆匆过了一生，到最后，什么梦想都没有实现。

她说，如果时光可以倒流就好了，如果多给自己一点时间，也许情况会比现在好得多。至少她会有更多的时间去思考、去决定、去规划，经历一个更好的人生。

我很能理解她的焦虑，可是，你现在才20岁啊，为什么害怕来不及？究竟是哪里来不及呢？

如果，今天你只有20岁，都觉得时间对你不公平，有太多的想法和愿望来不及去完成，那么那些30岁、40岁、50岁，甚至是80岁的人该怎么想呢？他们该向谁去讨时间，又该向谁去要公平呢？

你知道吗？其实，只要你愿意，一切都来得及。

这个世界，有30岁开始重新学习、参加高考的人，只为了进入大学，重新学习知识和技能，以便更好地适应当前社会激烈的竞争。他的名字叫刘洪波，辽宁葫芦岛市人，一共参加了三次高考。1997年第一次参加高考；间隔十年后，2007年重回校园读书，以社会考生的身份参加高考；2008年第三次参加高考，最终被湖北中医学院录取。

这个世界，有40多岁开始健身，连续坚持27年，练就一身健硕肌肉、可以举起400斤杠铃的人。他叫山姆·布莱恩特，来自美国佐治亚州。他说，心态老，人才会显老，年龄只是一个数字而已，人们常常用年龄为自己的懒惰和无所事事找借口。

这个世界，有80岁开始学画画、98岁成为艺术家的人。他是一位叫Hal Lasko的日本老爷爷，原本只是一个印刷工人，自上个世纪90年代退休后，开始用Windows 95软件“画图”作画，刚开始只是兴趣使然，画完后将画作打印出来自我欣赏，慢慢地开始举办个人画展，甚至逐渐将作品推向市场出售。

所以，你为什么怕来不及？跟这些人相比，你凭什么说来不及？

2

如果害怕真的有用的话，还要努力干吗呢？

那我每天什么事情都不用做，只要躺在床上自我催眠，不断地重复着“我好害怕”“我害怕什么都来不及”的心理状况就好了？

因为我害怕，天就不会黑下来；因为我害怕，毕业论文可以不用写，答辩也可以不用参加；因为我害怕，就不用烦恼找工作，不用每天上下班挤着公交，在城市中奔波？

可是，现实的世界不是这样运作的，生活不是看电影，遇到我们不喜欢的情节还能选择快进。

我一直都觉得，害怕，是这个世界上最无用的东西之一。

害怕，只会徒增无谓的烦躁和压力，并不能帮助你解决任何实际的问题。**事实上，更多时候，害怕像是一个任意反弹的弹簧，肆意地搅乱你的生活。往往，你越害怕来不及，就越来不及；你越害怕事情做不好，就真的做不好，**这颇有点墨菲定律的意味。

墨菲定律是一种心理学效应，由美国人爱德华·墨菲（Edward A.Murphy）于1949年提出：会出错的事，总会出错；如果你担心某种情况发生，那么它就更有可能发生。

所以，害怕不仅无益于问题的解决，更有可能使问题变得更糟糕。既然如此，你确定还要继续害怕下去吗？

3

其实，你并不是害怕，只是太急功近利罢了。

从小到大，你听过太多少年成名的故事，远有王勃、苏轼这些人，近有张爱玲、韩寒、郭敬明等人，更不乏席卷网络的“90后”CEO马佳佳、余佳文等人，这些人让你仿佛觉得自己也可以，也应当是“少年成名天下知”这类人之中的一员。

你希望在一个还算年轻的年纪，就能够拥有你想要的一切，拥有足够你挥霍的资本，这资本可以是时间，可以是金钱，也可以是能力或者才华。

如果你是一名大学生，最好是学校里一举一动都备受瞩目的风云人物，或者是学生会、社团里受器重的骨干。总之，不论学习，还是社会实践，你都如鱼得水，风生水起。

如果你已经离开象牙塔、步入社会，那最好是有一帮意气风发能与你一起打天下的好兄弟，或者一份如日中天的事业，又或者一份轻松好混的工作。换句话说，是以你的能力可以轻松驾驭的工作、高大上的工作环境、诱人的薪资待遇，如果恰巧，同事是个逗比，老板是个傻×，隔壁公司再有个帅哥或美女，就更好不过了。

对了，最好在外面有男朋友疼或女朋友爱，在家里有父母宠着，出门有朋友罩着。生活要是这样，你便再也不用害怕了。

可是，你有没有想过，**今天你羡慕的那些人，那些混得风生水起、风光无限的人，他们拥有怎样独特的能力或才华，经历了多少暗黑的时光，付出了多少努力，流过多少汗水和泪水，才换来今天这样一个像是开了外挂一样的金灿灿的人生？**

当我们连走路都还没学会的时候，就妄想着跑得很快，是不是太贪心了？

不是说，你不可以少年立志，而是立志以后，要一点一点地努力，慢慢地进步，直到你成为自己喜欢的样子，成为自己想要成为的人。

当年，张爱玲的一句“出名要趁早”不知道撩拨了多少少男少女蠢蠢欲动的心。太多少年成名、春风得意的桥段，常常在我们的耳边和脑海里萦绕，所以，**当我们处在一个20几岁的年纪时，我们困惑、迷茫、焦虑、不安……**

可是很多人都忘记了，**路要一步一步走，饭要一口一口吃，连胖子的肉都是一斤一斤长起来的。**原谅我并不恰当的比喻，但事实确实如此。

4

那你为什么会害怕呢？

害怕，是因为前方的道路漫长而未知；害怕，是因为现在落后于

别人很多；害怕，是因为怕终究无法成为自己想要成为的人。可是没有关系啊，只要你愿意努力，愿意去改变，任何时候都来得及。

我有两个特别喜欢的成语，一个是“来日方长”，一个是“厚积薄发”。

“来日方长”讲的是一种态度和信念，是一种出自对于美好未来的强烈笃定，时间一定会让我们成为更好的人，所有的付出都一定会有回报，只要我们愿意努力。努力之后的事情，就交给时间，我们要做的就是静静地等待着属于自己的那一阵风，等风来的时候，张开翅膀，奋力翱翔，将曾经的落后于人和落寞失意都一笔勾销。

至于“厚积薄发”，强调的是一种做事情的态度，你现在所有的努力和准备，都是一种沉淀、一种铺垫，都是在为了将来某个特殊的时间点到来时，你可以爆发出更强大的力量。精卫填海、愚公移山，这些古老神话传说里的英雄之所以会成功，靠的都不是气力，而是毅力，一股子“来日方长”的持之以恒，一种积蓄已久的能量爆发。

你要相信，总有一天，你的努力，会为你证明自己的。

所以，不要害怕。我们每个人都一样，在成长的过程中，每一个人都会经历迷茫、困惑、苦逼，但黑暗终将会过去，光明终将会到来。

记住了，**除非宇宙爆炸，地球毁灭，战争爆发，而你时日无多，否则，一切都还来得及。**

20出头的贫穷，可以是最好的增值期

1

那天，跟朋友一起逛街，我提议结束后一起去吃烤肉，西西很开心地说“好啊”，小柒跟阿钰的反应却很平淡。我以为她们有别的想法，就说：“如果你们不想吃烤肉，我们可以去吃别的，还是你们晚上有别的安排了？”

小柒犹豫了一会儿说：“烤肉我们喜欢的呀，只是月底了。我跟阿钰身上都没什么钱了。”

阿钰接道：“我身上还有100多元，今天周六，下周五才发工资，我得撑到发工资那天。等领了工资，我们再聚餐吧，不然我下个星期都没钱吃饭了。”

我说：“那我们去吃点简单的吧。”

一般来说，上班族的月底都很穷，对于20出头刚毕业参加工作的人来说，月底就更容易穷困潦倒了。小柒跟阿钰，一个1993年出生的，一个1994年出生的，都是2015年的应届毕业生，小柒月薪3000元，阿钰稍微多一些，每个月3500元。在上海这座城市生活过的人都知道，一个月3000多元，真的就只够吃饭，而且还要比较节省才行。

后来我们一起去吃了经济实惠的黑暗料理——重庆麻辣烫。小柒和阿钰坐在店里感慨，工资好低啊，每个月钱都不够花，又不好意思再伸手问家里要钱，幸亏公司包住，不然，真的不知道怎么花。每次去逛街挑衣服，再漂亮、再心动的衣服只要一看到价签，就立刻打消念头了，只能上淘宝找同款。

相对而言，我跟西西的经济状况要好一些，毕竟工作的时间更长，资历更深，工资自然也更高些。但我们完全能体会她们的感觉，因为刚毕业的时候，我们一样穷困潦倒，一样地过着每个月不盼星星、不盼月亮、只盼着亲爱的财务总管发工资的生活。

不想饭桌上的低气压一直持续下去，西西鼓励她们，说刚毕业穷一点很正常，我们那个时候也很穷，可能比她们还要穷，但只要努力工作，涨工资是一件很顺其自然的事情。

2

2011年，是西西最穷的一年。

那时，她在一家专门做车展的广告公司当平面设计，合同上签的是3000元，但事实上每个月到手就只有2000多元，每个月还要付400元的房租，住在格子铺一样的群租房里，全部的资产就只有一个24寸的行李箱。

每天同部门的人兴高采烈地讨论今天中午吃什么、明天去哪家餐厅拔草的时候，是她最沉默的时候。她总会趁着大家不注意，偷偷地溜掉，绕到公司所在小区的后面，穿过一条细长、狭窄、有点脏兮兮的小街，走到一排黑暗料理街上。

那一年，她吃得最多的是兰州拉面、沙县小吃和麻辣烫，中午的每一顿饭都控制在10元以内。早上还稍微有营养一点，“全家”里面买2个包子，1杯豆浆，晚上呢，不饿的话就尽量不吃东西，或者用黄瓜和西红柿代替。

那个时候，她最怕的就是动辄人均一两百的同事聚餐，因为怕大家说自己不合群，起初还象征性地出现过一两次，后面的每一次，她都找借口推掉了。

但同样是在那一年，她学会了很多省钱的秘籍。

比如超市晚上9点左右蔬菜和熟食区的东西是最便宜的，哪家超市的日用品折扣力度高，哪个牌子的化妆品会在什么时间段做促销，买衣服从来都是反季节买，淘宝上搜罗出了一批物美价廉的精品店铺，家里有好多宝贝都是换购来的。

也是在那一年，她的厨艺突飞猛进。原先在家里只会煮泡面和炒饭的那个西西，学会了炒菜和煲汤，因为平时都很节省，吃的都是地沟油和泡面之类的垃圾食品，所以每个周末她会做一荤两素，偶尔再煲一个汤，给自己补补身体。

她心里很清楚，一旦生病，花出去的钱会更多，所以她会非常努力地扼杀生病、吃药花冤枉钱的机会。她还开始锻炼身体，每周抽出3天时间，去小区附近一所学校的操场上跑几圈，周末不加班的话，就约朋友打羽毛球。

今年是西西工作的第五个年头，现在的她，可以轻松地赴约任何朋友的聚会，因为无论什么样的场合她都有埋单的底气。可以在逛街买衣服的时候，更多地关注衣服本身的材质、款式和上身效果，而不是每一次都先看下价签，才决定要不要试穿，可以住在交通便利、环境清幽的小区里很舒适的单间。家里的固定资产，也从来上海第一年的行李箱，变成了N个包包，N+1件衣服，还有一堆外文设计书。

她说，其实她一直都很感谢那一段贫穷的日子。

贫穷像是一个严苛又尽责的老师，推动自己不断去学习各种各样的生活技能，教会了她更好地生活和照顾自己。贫穷又像是一个市侩

的影子，不断用艰难处境冷嘲热讽，使得她更卖力地工作，更拼命地赚钱。

3

2015年，是我正式工作的第三年，在上海，我依然只是一个靠月薪生活、没什么存款的穷人。但好在，比起刚毕业那会儿的一穷二白，生活充实多了，住的地方也越来越舒适了。

2012年夏天，刚到上海找工作时，我过的是寄宿生活，这周在表姐家住几天，下周在朋友那挤几天，如此反复。

签了劳动合同以后，住进了员工宿舍，不足5平方米的小隔间，里面只有一个上下铺的床和一个非常小的床头柜，唯一的一个衣柜还是我网上淘了材料自己动手做的。

第二年，工资涨了一些，能出去租房子住了，就跟朋友合租了一间房，两个人睡一张床。

去年下半年，跳槽以后又换了新的住处。现在的房子是120平方米左右的三室一厅，三个人合租的。我的房间是一个20平方米左右的主卧，书桌、书架、衣柜、床等，该有的都有了，还有一个我很喜欢的飘窗，经常周末坐在那边，看书、思考或发呆。

最近有了新的计划，打算把飘窗重新规划下，开辟出一片空间种点花花草草。

而这所有的改变，都是受了穷的刺激。

记得有一次，离发工资还有两周，我的钱包里就只有十七元两毛钱，那个月，穷困潦倒没钱吃饭的我问朋友借了500元。

还有一次是月底，我跟小唯两个人的所有现金加起来不到300元，家里穷得连纸巾都没有了，我们不得不去超市采购生活用品。

我不经过大脑思考地拿了一条“维达”，小唯连忙递给我一条“清风”，用这个吧，便宜两元多呢。我说：“你真是太机智了，帮我省了一笔巨款啊。”就在这时，身旁飘过了一个白富美，看着我们，翻了个白眼，头一扭，屁股一甩，走了。小唯说：“完了，我们两个被白富美鄙视了。”

那个时候，我们就告诉自己，一定要努力工作，拼命赚钱，不然我们就只有在几块钱上计较的出息了，一定要拼命工作，想办法升职加薪，不然就只有逛不完的淘宝和穿不完的地摊货了。

因为穷，因为不想再依靠家里，所以非常卖力地工作和加班。

因为穷，更加深刻地明白，**钱不能带给你一切，但在必要的时候，它能给你应有的尊严，所以努力赚钱是一件特别理直气壮的事情**。

4

后来，我们花了很长时间反思，我们两个为什么这么穷？

工资低？HR乱扣钱？老板小气？不是！这些都不是根本原因。**我**

们之所以这么穷，只是因为自己能力不行，既没有跟HR和老板谈薪资待遇的筹码，又没有跳槽另谋高就的本事。

有些人有远见，进入职场以后，不断地充电学习，提升职业技能，能很快抓住机遇升职、加薪，他们不会穷。有些人有耐力，能通过一段时间的积累、沉淀，掌握全新的技能，开发副业、赚取外快，他们也不会穷。还有一些人，嫌弃工资低、待遇差，就干脆辞职不干，自己创业、做生意去了，经过几年的打拼，拥有了属于自己的一片天地，他们更加不会穷。

所以，**如果你今天20出头，一穷二白，日子过得紧巴巴的。恭喜你，这是生活在提醒你，该停下来，冷静思考，掂量自己几斤几两，然后充电学习、提升自我和学习新技能了。**如果你因为穷过，而害怕贫穷，平日里但凡有点闲钱，都只想着存起来，根本舍不得花，那你就大错特错了。钱，就像是水，有进有出，才更活络。20出头的你，要学会存钱，以备不时之需。**20出头的你，更要学会花钱，学会投资自己，不断地提升自己的能力、素养和职场竞争力，这才是王道。**

因为，最好的投资是投资自己，最聪明的赚钱方式是在提升能力的同时把钱赚到手。

想通这一点以后，西西开始狂看外文设计书和高大上的设计类网站，没事就在那里琢磨大师的作品。没有任何悬念，她的品位越来越高，做的设计也越来越棒了。

你在广告这个圈子混得久了，就会知道，如果一个人的能力确实很强，那他必然有很多接私活的机会，因为就算他不去找，别人也会主动找到他。不光是广告，很多行业都这样。

设计水平提高以后，西西理直气壮地在外面接起了私活，小到一张海报和一个Logo的设计，大到覆盖一个活动的所有设计和一个品牌的全套VI设计。她银行卡的余额后来一直呈现间歇性、跳跃式增长的趋势，过上了我口中幸福的“有产阶级”的生活，一不小心就跨入了白富美的行列。

而我呢，自然是花了一番功夫，捡起了毕业后荒废许久的英语，做一些翻译的兼职。

另外，我还从网上找了很多4A广告公司的培训材料和提案PPT，又买了很多广告和策划方面的书籍，花了一段时间集中提高自己做PPT的功力、做提案的技巧和撰写方案的能力，先是模仿高手的经典案例，渐渐地有了自己的风格。

后来，知道自己做文案策划的朋友多了，有了许多找上门来的活儿，我开始帮别人写策划案，比如店铺的开业典礼方案、公司的年会方案、新品推广的企划书，等等。

还有一次，朋友让我去帮他做提案，于是我就顶了某知名公关公司资深员工的假身份，参加了一场全英文的提案，拿下了一个预算蛮高的年会比稿。那次以后，我又开发了一个新的赚钱技能，那就是——当提案枪手。

2015年，我最新开发的赚外快技能当然是写作，现在正梦想着有朝一日能过上靠文章稿费和读者打赏包养的幸福生活。

5

《周易・系辞下传》里面说："穷则变，变则通，通则久。"原来的解读是，事物的发展到了极点，就要发生变化，变化以后才会使事物的发展不受阻碍，事物才能不断地发展。我觉得这段话在本文的语境里，可以这样解读：

你越是陷入贫困处境，越要懂得变通，要想方设法地增加自己的技能，等你能力提升了、蜕变成功了，自然就能赚到钱了，而你赚钱的能力越强，你的身价就越高。

贫穷是最能让刚出校门、初入社会的大学生产生深深的危机感、恐慌感的情境设定，它最能刺激你反思自己：为什么我这么穷，是能力太差，积累不够，还是根本入错了行？它也最能推动你不断地去提高本身的职业技能、开拓新的职业技能。

只要你够努力、够聪明，眼前所有因贫穷引发的尴尬都会成为奋斗道路上短暂的插曲。

别怕，20出头的贫穷只是一个过渡期，20出头的贫穷可以是最好的增值期。每一个普通家庭的孩子都是这样过来的。

梦想道路上，

每一个人都心怀恐惧

1

有人曾说，自信和希望是青春的特权。但奇怪的是，我们身边绝大多数的“20几岁”都处在一个焦虑不安的状态，心里总是很害怕，害怕来不及，怕到了最后什么事情都做不成。

A君说，我今年读大二，在一所三流的院校读着自己不喜欢的专业，经常翘课、宅在寝室里打游戏，没有女朋友，没有社交，一想到毕业投简历、面试、找工作之类的事情就无比焦虑，但却不知道该怎么办。看着以前的那些高中同学，都在各自的学校混得有头有脸，有些甚至提前拿到了工作Offer，我连老家的同学聚会都不敢参加了，不知道以后的路要怎么走，怕自己毕业了连个像样的工作都找不到，只能灰溜溜地回老家。

B君说，我今年26岁，在国内的一所高校读研究生，眼看着身边各种厉害的人发表论文、出研究成果，自己却毫无建树，总是被别人比下去，心里很急，很害怕。

C君说，我今年刚刚毕业，起初还有很清晰的规划和目标，可是临近毕业，还是乱了阵脚。我并没有想好自己要成为什么样的人，想要一个什么样的将来。我和男友的家乡一南一北，爸妈坚持要我回老家考公务员或事业单位，过上他们口中安逸、舒适和体面的生活，但我不喜欢啊，结果整天浑浑噩噩，也没考上。

你还记得那个笑话吗？一个月3000元你就想请一个农民工，3000元你只能雇一个大学生。一想到这里我就无比心酸，可家里人3000元的工作看不上，不让我做，不想让我进公司当一个普通的上班族，现在连恋爱也不让我谈了。他们宁可把我关在家里，让我“二战”公务员考试。我好害怕，不知道后面的路怎么走，也不像别人有豁出去的勇气。

D君说：“到2015年7月，我就毕业两年了，从大学毕业后就一直在现在的单位工作，但是两年的时间里，工资没涨过，职位没提升过，事业上毫无起色，谈了五年的恋爱不咸不淡，最近还面临着‘被分手’的尴尬处境……我像是一望无际的海洋上迷失方向的船只，看不到方向，看不到未来，甚至看不到我来时的路，只能走一步算一步。”

你看，**有这么多20几岁的我们，一样的20几岁正青春，一样的心怀恐惧。**

2

可是，深深陷入20几岁迷茫和困惑泥沼中的你，有没有停下来安静地思考，我们为什么会害怕？我在网上发布的那一篇《你才20几岁，为什么总怕来不及？》被多个微博“大V”和公众号转载，短短几天浏览超十万次，累计阅读超百万次，据说引发了很多人的共鸣。

后来，我花了很长的时间思考，我们究竟为什么会害怕，可能是出于以下几种原因：

一、能力与野心不匹配

也许你是一个胸怀大志的人，也许你有许多远大的梦想，你甚至梦想着改变这个世界，改变人们的思考方式和行为模式。如果你在互联网领域创业，你想开创一家打败BAT（中国三大互联网）的公司；如果你是一个文艺工作者，你希望全世界都能看到你的作品，听见你的声音，欣赏你的画，读懂你的文字；如果你是个初出茅庐的大学毕业生，你希望自己在职场上锋芒毕现，一展才华和抱负。

然而，理想很丰满，现实很骨感。你的梦想很远大，但你的能力与野心却并不匹配。

接着上面的话说，我有一个学计算机的学弟，今年毕业，眼见BAT三巨头席卷全中国、互联网创业势头生猛，他立下宏图大志，说自己也要创立一家互联网公司，但事实上他并不了解整个中国互联网的发展史和趋势等门槛知识，看不到里面的“瓶颈”和机会，甚至连“大数据”“万物互联”和“闭环生态圈”这样的热门词汇都似懂非懂，这样贸然创业，能成功吗？概率太低了。

对他而言，倒不如先进入BAT这样的公司，一边学习和研究互联网行业的内核和外功，弄清楚游戏规则，一边积累人脉和资源，为自己以后的创业铺路搭桥。

如果你有一个光是想想都能兴奋好久的远大梦想，那么，我建议你把大大的梦想切割成一个又一个分阶段的目标，逐个击破，一一实现，用一个阶段又一个阶段的努力和奋斗，让自己越来越靠近最初的梦想、最终的目标。同时，不要忘了审视自己的优势、劣势，将长板的优势发挥到极致，将短板的劣势一点点补上，直到自己的能力与野心相匹配。

二、读书太少，经历太少，想得太多

由于时间、空间、经济条件和社会资源的种种制约，我们每一个人看到的世界和风景是有限的，见过的世面是有限的，所以我们是无知的，是狭隘的。

很多时候，我们以为眼前的困难和绝境是无法逾越的鸿沟，是一种永恒，直到现实告诉我们，所有的问题终将是时间问题，所有的烦恼终将是自寻烦恼。你20几岁的时候，觉得自己一无是处，身无长物，但你有没有想过，**你所羡慕的那些事业有成、家庭美满的人，他们也是从一无所有的20岁走过来的。而你的20岁，也只是你人生旅途中要必然经历的一段路而已。**

“你的问题主要是读书不多而想得太多”，这句话最早是杨绛先生说的。当时，有一个高中快毕业的年轻人给杨绛先生写信，说了自己的仰慕之情和人生困惑。杨绛先生给他回信，除了一些寒暄和鼓励的话之外，还回了上面那句话。我想这句话的另外一种解读是，你的知识储备还不能够解决你所遇到的问题，所以要多读书，多思考，多学习。

比如，数学分类下经典的1＝0.999999……身为数学白痴的我，一直都不明白要怎么证明，直到一个理科学霸很鄙视地对我说：“你去看书、学点极限知识吧，这种没有技术含量的东西，不要跑来问我，丢人。”

人类最大的恐惧来源于对未知的恐惧，所以“从哪里来”和“到哪里去”才成了亘古不变的哲学命题。但幸运的是，今天的我们能够通过“间接经验”和“直接经验”两种方式认知所处的这个世界。而我们获取“间接经验”最好的方式就是读书，获取“直接经验”最好的方式就是“经历”，古人说“读万卷书不如行万里路”，但我觉得最好的方式是——读万卷书、行万里路。

随着我们视野的开阔和人生阅历的沉淀，思维能力和解决问题的能力也一定会随之提升，到那个时候，很多以前困扰着我们的问题就不再是问题了。

三、要得太多，欲望太重，做得太少

你既想像“世界那么大，我想去看看”事件的主角一样，拥有那份勇敢去看世界的潇洒和决绝，又想要像舞台上逆袭的屌丝一样，分分钟当上总经理、出任CEO、迎娶白富美，华丽转身为人生赢家，你什么都想要，所以，你什么都得不到。

从0到1是量变也是质变，你是不可能跳跃步骤直接得到想要的结果的，因为你不是神，你的人生没有特效和外挂。**你不可能在年轻的20几岁，既心心念念舒适和安逸，又怀揣一个励志奋斗的美梦**。就好像以前有个朋友让我介绍工作，我说你想找什么样的，他半开玩笑地说了一句：“钱多、事少、离家近。”我委婉地回绝他，如果真有这样的好事情，请告诉我，我也换一份工作算了。

有一次参加饭局，席间一个在银行做高管的长辈说了几句话，我印象比较深。他说：“现在很多‘80后’‘90后’的年轻人就业，上来就跟你谈条件，不想着自己能给企业带来什么，只一味地想着索取。欲先取之，必先予之，这么简单的道理都不懂。真正的精英从来都不需要谈条件，因为别人是会拿着开好的条件去找他的。”

我们还这么年轻，有想法，日子才有奔头。

欲望是一张白纸，本身没有对错，也不懂得区分对与错，是人们受欲望驱使做出的选择和行为使得欲望沾染了不同的颜色，有了不同的定义。所以，你想要很多东西，这并没有错，只要你的“欲望”不违反道德与法律，不侵犯他人赖以生存的权利，就大胆地去追逐你想要的好了。你想要的太多？物质、金钱、爱情，你都想要，没有关系，慢慢来，用你的努力换取一个个事业、爱情、生活上的成功，直到你慢慢地得到所有自己想要的。就算你没有得到所有想要的，也没有关系，人生这场旅行注定了会是不完美的，多少会有遗憾，多少会有不甘。**我们所能做的就是在自己有限的时光里，尽最大的努力，把人生变成我们喜欢的样子，无限靠近我们喜欢的样子，这样就够了**。

四、落后太多，害怕追不上同龄人

这个世界，山外有山，人外有人，我们所处的这个世界，我们所生活的周边，都存在着太多神一样的人物。也许你觉得不公平，为什么有些人天资聪颖，小小年纪就考上世界顶级名校？为什么有些人含着金汤匙出生，衣食无忧顺风顺水？为什么有些人明明和自己读同样的学校，吃同一个食堂，就是在能力与才华上秒杀你好几个段位？你想不通，更觉得不公平。你着急，你害怕，你怕自己永远也追不上他们。

但是，**人生这场赛跑本来就毫无公平可言，起点和终点都不公平**。你无法选择自己在一个什么样的家庭出生，无法选择自己的长相和天分，更加无法选择在一个什么样的时间节点、什么样的情景和氛围下离开这个世界。对于这样一个注定了不会公平的事情，没有什么好抱怨的，因为抱怨也没有用。难道，你现在马上自杀，用投胎转世去换取一个更好的人生？Forget it！

其实，落后于人，仔细想想也不算一件太糟糕的事情。

难道你不想先抑后扬，享受一下，从落后于人到一朝成名KO对手的淋漓快感？太简单的人生，就像太过简单的游戏，一点都不好玩。轻松打败几个虾兵蟹将有什么意思，干掉大BOSS才算有点意思。

与其临渊羡鱼，不如退而结网。与其深陷与身边牛人的巨大差距带来的“落差感”中无法自拔，倒不如安安静静地积蓄自己的能量，直到你的能量爆发出耀眼的光芒，被全世界看到。

五、根本没有目标，不知道自己要什么

有很多迷茫的“20几岁”，正在经历着恼人的害怕，是因为他们还没有想清楚自己究竟要什么。**他们不想随波逐流，不想过被安排好的人生，可是他们又并不知道自己要什么，连与命运抗争的热血和动力都没有。**

如果你没有目标，就去找目标。如果你不知道自己想要什么，就努力去想清楚自己究竟要什么。如果你确实无从下手，那么不妨去向一个人生阅历和资历都长于你，却又不会倚老卖老的人寻求建议。如果你身边没有这样的人，那么不妨尝试着远离周遭喧嚣的世界，一个

人安静地思考，静下心来，我想你总会发现点什么的。如果你还是不知道从何处下手，那么不妨从自己的性格、兴趣和爱好着手思考。想想什么是自己喜欢且擅长的，或许会有意外之喜。

我是英语专业的本科毕业生，毕业后却出人意料地进了一家广告公司做策划。其实毕业之前，我也不知道自己要做什么，后来我想了好久，发现自己一直都喜欢思考、喜欢写、喜欢组织策划活动、喜欢影响别人，所以我选择了一份广告策划的工作，很辛苦，却也很开心。

六、努力了，但看不到效果，越来越茫然

经常有些朋友跟我私信或者发邮件聊天，他们说努力了还看不到效果，所以越来越茫然，干脆放弃算了，再也不相信什么努力了就一定会成功的屁话了。对此，我只想说，努力了不一定会成功，但是不努力一定不会成功。努力以后，好歹还能看见一些未来的画面，半只脚踏进成功的门槛，不努力可能连成功的影子都看不到。

绝大部分人在努力的时候，是不知道且不确定自己什么时候会成功的，所以他们能够做的就是一直努力、一直优秀。

2015年，一个新的名字走进了我的视野——李荣浩。整个3月，无论我走到上海的哪个商场，远远都能听到他淡淡嘲讽、轻快慵懒的声音——《李白》《模特》和《太坦白》等。

以前从来没有听过这个人的歌，我很好奇他是怎么一下子火起来的，于是上网查了很多关于他的资料。然后我才知道，我们今天喜欢

的那个穿着白衬衣、搭配牛仔裤的文艺青年，并非是一举成名天下知的乐坛新人。1985年7月，出生于安徽蚌埠的李荣浩，从制作人到歌手，从名不见经传到爆红，用了十年的时间。

他20岁就开始主编流行音乐杂志，23岁为赵薇制作专辑《我们都是大导演》，24岁为陈坤制作《谜&Me》……他的合作名单中，还有那英、李宇春、张杰、周笔畅等众多一线歌手。如果他在追逐音乐梦想的过程中，中途畏难放弃了，那么也不会有今天的他，不会拿到第25届金曲奖的五项大奖，更不会拥有众多的粉丝。

所以，**梦想路上与其茫然苦闷，倒不如把眼前的失败当作是一种历练，当成是靠近成功的垫脚石。在失败中积累经验，在失败中寻求新的方法和秘诀，只要你一直坚持，我想你终究会成功的。**你之所以还没有成功，可能恰恰是因为你做得还不够多，你做得还不够好罢了。

3

我一直相信，**20儿岁正青春，是我们所能拥有的最好的时光。**自信和希望是青春的特权，努力和奋斗是青春的主旋律，我们不必害怕，不必不安。你既然爱一个人，何必要计较花多长的时间才能追到人家？同样，你既然选择了远方，又何必要在乎要走多远呢？

在追逐梦想的道路上，我们每一个人都一样，每一个人都心怀恐惧。所以，让我们把恐惧变成动力，带上它一起上路吧。

别再拿迷茫说事了，只是急功近利罢了

1

6月底，微博上一个朋友H给我发私信，他说：“我是今年的考生，高考失利了，没有考上本科，只能勉强上个专科。现在很迷茫，你能给我一点建议吗……”

我很快给他回信息：“高考失利，你有两种选择：一、填一所你分数能达到的相对好一点的学校，到大学里面再努力学习知识和技能，毕竟高考不是唯一的一条路；二、真的不甘心的话，可以选择复读，大不了‘二战’。无论如何，你都有两种选择，做对自己最好的选择就好。”

他说：“其实，道理我都明白，但我就是很茫然。”

我说：“那是因为截止日期还没到，你还有时间纠结、迷茫，等真的到了结局注定的时候，你就不会这样想了。怕，是解决不了问题的。”

其实，我特别能理解在复读的道路上迷茫、挣扎的学生，因为我也曾经是他们当中的一员。刚开始复读的时候，我也很痛苦、很纠结，感觉自己就像是在参加一场赌局，不知道最后的结局是喜是悲。但庆幸的是，我是一个愿赌服输的人，当我分析完利弊以后，就开始静下心复习了，那个时候，我告诉自己，再努力一次，如果还是失败，那我就认了。一时落后于人，并不代表一辈子都会落后于人。

他又问：“所以，你的意思是，该来的总会来，到时间了，你的态度自然会改变？”

我说：“对的。举个例子，考试时最后几个大题你不会做，你在教室里坐着心急如焚，但是考试结束铃声一响，卷子收上去以后，你就不急了，因为已经没意义了。你现在无法选择，是因为还没到你的交卷时间。”

过了好一会儿，他回了一个微笑的表情：“这个比喻很恰当。我准备复读了……”

我以为他想通了。

20天后，我又收到了他的私信：“又是我，还记得我吧。我去学校复读了，适应了一段时间，以前一直活在自己的节奏里，现在到了一种紧张的环境当中，很不适应，我想要改变自己。可是又觉得好无力，生活好艰难，每天都在思考人生和怀疑人生，不知道这样下去有什么意义……”

我说：“复读的话压力肯定很大，但是你已经选择了这条路，那就调整好心态好好地走下去吧。总之，凡事抱最好的期望，尽最大的努力，做最坏的打算。”

他说：“我觉得我现在简直是苟且活着！心理压力好大，任何人开导我都没用！怎么办？好无助！改变真的那么难吗！我也想彻底地改变自己，可是好像很困难！”

他似乎情绪很激动，后面的每一句话末尾用的都是感叹号，我给他回信：“努力，相信且坦然。不论结局如何，对得起自己的选择和决定就好。”

后来他又发了很多条信息，但我没有再回复。

因为我知道，大道理其实他都懂，该说的话我也都说了，剩下的只能靠他自己了。

人有的时候很喜欢明知故问和多此一举，很多问题，明明已经在脑海里翻来覆去地思量，有了答案，却迟迟不愿意去行动。只等着自己想好的答案从别人嘴里说出，似乎这样才有勇气开始行动，但是真的到了听话的人，说出了自己想要的答案，却又像一只小乌龟一样缩回自己的壳里，不愿走出来，不愿行动，继续迷茫、纠结的这个进程了。

2

另外一个朋友M，1993年的，今年本科毕业。

大学四年，他也算是学校里面的风云人物了，可是领完毕业证的那一瞬间，整个人都虚脱了，只剩下无限的迷茫。大学里，国家级奖学金、三好学生、班长、学生会、轮滑社团、出国交换都经历了，学习、恋爱、打工、旅游，一样没落下。可是到了今天，一切的一切都成了过眼云烟，似乎一点意义都没有。

他说，我一直都觉得自己是那种胜券在握的人，从来没有想过自己也有迷茫的时候。现在站在十字路口，却不知道眼睛该往哪里看，不知道该往哪个方向迈出步伐。

人什么时候最容易迷茫？

是完成了某个特殊阶段的任务和进程，开始一段全新的旅途时最迷茫。

为什么？

因为着急，渴望成功，渴望拥有很多东西，但由于各种局限所致，却一眼望不到结果。

刚开始复读，还没有用心努力过，就恨不得把时间轴往前拨，缩短自己苦逼学习的过程，希望赶快迎来第二次高考——“二战成功”，得到自己想要的结果。但现实中，复习的过程是没有办法直接跳过的，所以迷茫。

今年刚进入大学，还没有适应从高中生角色到大学生角色的转换，自己什么都还不懂，但看着学生会和社团的那些学长、学姐们春风得意，再低头看看自己似乎一无是处，于是茫然不知所措，不知道自己什么时候才能像他们一样指挥八方、威风凛凛。总觉得别人那才是青春，自己却只有大学，好迷茫。

刚毕业从象牙塔走入社会，参加工作，还没能完全适应职场快节奏的真枪实弹，却眼巴巴地看着身边那些主管、总监、经理们领着不菲的薪水，享受着优渥的福利和待遇，难免心生羡慕。反观自己，不过是个初出茅庐、身无长物的菜鸟，深深坠入这种落差感带来的深渊中，四周一片漆黑。感觉自己看不到以后的路，很茫然，很害怕。

这样的心路历程，我们并不陌生，换句话说，我们每个人都有过类似的心情。

每个人的人生都是由一段又一段的旅途组成的，“迷茫”的心路历程在每个特殊的阶段都会有，很正常。我们都曾那么迫切地想要改变自己并不满意的现状，却因实现过程艰难、耗时、耗力、有很多不确定性，而深陷来不及的恐惧中无法自拔。所以，我们疲惫、痛苦、迷茫、不安。

我们口口声声地说自己迷茫，但事实上，迷茫只不过是肤浅的表

象，迷茫背后隐藏的是我们恨不得一步登天的野心和急功近利。

可我们并不想让别人看穿自己的目标和野心，于是我们用“迷茫”这样流行的形容词加以粉饰。但讽刺的是，原本只是一个迷惑他人的障眼法，最后却把自己真的拖进了“迷茫”的旋涡。

陷进旋涡里苦苦挣扎的我们，忘记了正是无意义的迷茫、痛苦，消耗了原本可以用心做事、改变现状的时间和精力。所以，正确的应对方式是，等“迷茫”这个进程结束以后，我们要赶紧进入下一个进程——“行动和思考”，而不是继续停留在原地踏步纠结。

就像H，与其浪费时间继续迷茫下去，倒不如调整心态，用心复习备考。只要复读这一年他够认真、够踏实，所有该掌握的知识点都掌握了，最后正常发挥，相信结果不会太差的，所以根本没有必要再迷茫。

而看似履历丰富、综合能力很强的M也会迷茫，是因为他过去四年的精力和兴趣点太过分散，一下子无法聚焦，找不到自己的目标。既然这样，那就停下来，将自己喜欢的、擅长的、向往的、能做的、不能做的通通罗列出来，重新排列组合，我相信，聪明如他，一定能凭着这些蛛丝马迹，指引自己找出新的方向。

3

一般来说，**两类人最容易迷茫，有目标的和没有目标的。**

对于有目标的人来说，迷茫大致分为两种情况：

一、明知自己的目标是什么，但是自己跟目标之间的差距比较大，不知道怎么办，所以迷茫；二、清楚目标是什么，也知道该怎么做去实现目标，可知道了不代表能做到，每一个目标从确立到实现都有一段距离，在行走这段距离的过程中，无时无刻不在受迷茫的煎熬。

第一种情况的人，应该发挥自己的聪明才智思考、寻找解决问题的方法。如果自己搞不定，那就请教高人，这个高人可以是思想较为成熟或阅历较深的朋友、老师、领导、父母等。

第二种情况的人，应该学会将头脑清空，眼睛盯着目标，手上专注做事，这样就不会有那么多莫名的迷茫了。一直忙碌做事情的人，是很少会迷茫的，因为他们没那个闲工夫。有的时候，我们迷茫，是因为我们太闲了，所以自寻烦恼。

对于没有目标的人，迷茫大致也可以分为两种情况：

一、旧的目标已经完成，新的还没想好，人生处于青黄不接的尴尬阶段，这也是为什么每逢当年年底和新年伊始，总会无端生出许多烦恼和茫然不知所措的原因；

二、嘴上说没有目标、很茫然，其实潜意识里已经有了答案，但是出于种种原因，却没有大胆地承认，说出自己的目标。

对于第一种情况，也许需要的只是多一点时间的思考来帮助自己找到答案。**如果不知道如何思考，那么不妨从人生目标、职业目标、**

生活目标、感情目标上，分类发散进行思考，也许你会得到意想不到的答案。对于第二种情况，我想可能需要的只是多一点的勇气、多一点的肯定。

年轻人感到迷茫，其实是再正常不过的事情了。不仅是平凡的我们迷茫，今天在江湖上叱咤风云的那些大佬们也曾经跟我们一样，都逃不过迷茫的20岁。冯仑在《行在宽处》里有一个十分形象的比喻，他说20几岁刚进入社会的时候，你扮演的是一个候补队员的角色，甚至可能连候补队员都不是，只是一个足球爱好者；到了30岁，你就混成了一个候补队员，到了40岁，就差不多可以上场踢球了。

我们不一定真的要等到40岁才能一展满腔抱负，但只要我们熬过了容易迷茫、挫败、困窘、一无所有的20岁，相信好的事情很快就会发生的。

不要过早地放弃自己，不要浪费过多的精力在无意义的纠结和迷茫上。

你以为的幸运，

是别人努力了好久才发出的光

1

小A是广州一所师范大学的学生，今年毕业。

她是我2013年11月在广州大学城做一个品牌的校园万圣节派对时认识的。那时，她是我们校园迷你秀和派对现场的学生兼职的负责人之一，同时也客串过活动现场的性感女巫。我们几面之缘的友谊是建立在派对现场的活动执行，我帮她化美艳派对妆以及休息时的对话聊天上的。

项目结束后，我离开广州回到上海，之后加了微信，偶尔会在朋友圈里互动。

今年6月，她在一些网络平台和公众号上频繁地看到一些我写的文章后，跑过来跟我聊天，她说："那是你吧？我一看名字和背景就猜到是你了。你不是在广告公司上班吗？怎么突然变成专栏作家了？"我说："这个只是个人兴趣，闲暇时写写而已。"

小A好奇地问："怎么样才能成为一个专栏作家？我也想有一个平台，可以偶尔写点随笔留下点痕迹。"我说："我也是刚入门，也并没有什么特别的诀窍，反正就是多写，慢慢地找到自己的风格和特点，尝试着发布在一些开放的平台上或是自己私下投稿，等待喜欢你文字的人出现或者被编辑挖掘。"

小A说："我并不是那种特别能用文字表达自己的人，当初自己是阴错阳差地进了中文系，平时并不怎么写东西，只有在难过的时候才会写一点。"

我说："很正常啊，因为你不够喜欢，如果你真的那么喜欢文字，就会一直写，一直写，然后就真的会写得好。不如你去简书上注册个账号，把简书当成是你的日记本、草稿纸，在上面慢慢写起来，时间长了就会有进步的。至于'专栏作家'是个不错的目标，但目标只有努力了才有可能实现，光是嘴上说说是没有用的。"

小A说："其实我也没有想那么多，只是很好奇，为什么有的人可以被挖掘，是他们幸运，还是他们有这方面的门路，主动去寻找的资源？我觉得自己这方面比较闭塞。”她接着问，“对了，你是不是认识很多杂志和公众号的编辑啊？”

我说：“是你自己主动走出去，还是别人主动找到你，这都不是重点。”

不管你处于什么样的位置和领域，你自己优秀了，别人自然会来找你。如果自己水平差，再有门路也是白搭。实力是第一，门路是第二，做任何事情都一样。

2

不知道你们有没有发现，我们的对话中有两个问题特别有意思。

对话聊天时，一个人问出的问题，多少反映了眼前这个人的心理状态和思考问题的逻辑方式。而你对对方问题的思考和回应方式，是由你的思维逻辑框架决定的。

比如小A问：“怎么成为一个专栏作家？”

我心里想的却是：

一、我还不觉得当下的自己有资格戴上“作家”这顶帽子，充其量是个喜欢写文字的人。

二、至于如何成为×××，这是一个非常宽泛的问题，而宽泛的问题是注定了很难有非常到位和准确的回答的。就好像“如何成为一个伟大的人”和“如何使得自己的心胸更宽广”这两个问题，明显后者更容易回答，只因为它的针对性更强。

三、为什么小A问的是“如何成为一个专栏作家”，而不是“你什么时候开始写文章的”“你写了多久了”这样更为具体和可执行性强的问题。我大胆地揣测，也许是因为，她眼里看到的是这个“结果”，关心的也只是“结果”，至于中间的“过程”，她并没那么在意。可是，我们在谈论这个世界上任何一件事情的时候，可以剥离这中间的过程直接谈“结果”吗？好像不行吧。

很多时候，我们倾向于只看到别人的“成果”，而忽略别人的“努力”。但我们又会很努力去打听别人成功的故事、成功的方法，这种对别人成功路径的刺探结果直接决定了我们对眼前的这个人是表示赞许还是抛出鄙夷！

当对话到了“你是不是认识很多杂志和公众号的编辑啊”，事情变得更加有意思起来。

很多时候我们发现别人获得了某些成功或坐到了某个位置，被大众看见、广为人知，我们第一反应是人家运气好、有门路。**你以为别人只是幸运，但真相可能是人家积蓄了很久的能量终于开始爆发了，终于开始被别人看见了**。

就我自己而言，不算中学时代的模范作文、获奖征文、零星发表过的豆腐块，从大一开始到现在，零零散散地写东西也有七年的时间了。我写了七年，才开始能有一些引起大家共鸣的东西，才开始被大家认可和看见。一切哪有那么简单。

很久以前，我就说过，如果说我还有什么英雄梦想，那就是我希望有一天我的文字可以治愈人心。我努力了七年，才开始有人喜欢我的文字，才开始能够温暖大家。

我有一个大学同学，是一个很有才华的女孩子，外号小熊猫。

她也是码字的，大学期间开始涉猎剧本的创作，现在在家专职写小说，她每天的生活轨迹就是吃饭、看动画、看书、写小说，偶尔休息，周而复始。而且我还知道，她从中学时代就开始断断续续地写，现在已经有四部长篇小说了，短篇更是不计其数。她写了那么久，直到今年才觉得自己该出成绩了，才开始着手做一些出版事宜。

也许，到了明年的这个时候，她的小说在各大书城和电商渠道上火爆销售，不了解的人或者以前的老同学看到了她出书会觉得她很幸运，她可能有这方面的资源和门路，不然一个英语专业的学生，怎么就突然出了中文小说，还一下子火了起来?

但你真的不知道人家努力了多久。人家写了多久，才敢把自己的作品拿出来发表，投了多少次稿子，才有人愿意出版她的作品。

3

我承认我也有这样的时候，把别人的成功归结于“运气好”或“资源优势”，甚至是“长得好看任性”这样想当然的原因。但今年，我越来越开始反思，我们为什么会这样想，为什么更倾向于将别人的成功归功于运气好呢。

有一天，我忽然就想通了，因为把别人的成功说成是“运气好”是一件特别简单，特别一劳永逸的事情。因为像运气这种虚无缥缈、没有定数的东西，注定了是我们所不能掌控的，**当我们将他人的成功归结到我们不能掌控的东西上时，我们就为自己的“不成功”“失败”和“放弃”找到了很好的借口**。因为我们没有那些资源，没有那种幸运，反正无论我们怎么样做都不会成功的，那么我们干吗还要努力？所以，我们什么都不用做，保持现状就好了。反正，无论我们怎么努力，都是没有用的。

你是否这样想过？这样为自己找过借口？

再换个角度思考，将别人的成功归结于运气好的我们，并非狭隘，并非愚钝，我们只是太过聪明罢了，太早地洞悉了这一切。所以，就算是为了自己的舒适，为了自己眼下不那么成功的处境有一个体面的说法，也会选择将别人“成功只是运气好”的这种说辞坚持到底的。但，这真的好吗？这并没有什么用啊！

很多时候，我们以为的幸运，是别人努力了好久才发出的光。承认这一点，是我们进步的开始。与其把成功归结在“运气”这样虚幻的东西上，倒不如把它建立在我们可以驾驭的东西上，比如勤奋，比如努力，比如方法。

最后，就算你十分确定，人家就是凭借着好运气和资源到位才获得的成功，也请你假装认为别人是很努力才拼到现在这个位置的，只有这样，你才能憋着一股子“不服气”的劲头，用你超乎寻常的努力和坚持，去击败你想要击败的对手，赢得你想要赢取的战争。

让我们一起，

温柔地推翻这个世界

如果你想要做的，不是长辈控制你的样子，不是社会规定你的样子，请你一定要勇敢地为自己站出来，温柔地推翻这个世界，然后把世界变成我们的。

——吴青峰（苏打绿成员）

1

喜欢上苏打绿的音乐完全是一场意外，一场美丽的意外。

我是一个骨子里很怀旧，又有点偏执的人，喜欢那种有时间痕迹的东西，对新生事物的接受会很慢热。所以，我会去不同的餐厅点同样的菜吃，去网上淘很多年前的经典英文原声电影，反复地听几首最爱的老歌，或者，等别人把所谓的“热门单曲”听旧了、听腻了，才开始听。

2010年7月的某天，我在宿舍里看《英美文学选读》快要睡着的时候，一个惊艳的声音叫醒了耳朵：“这是一首简单的小情歌，唱着人们心肠的曲折……你知道就算大雨让这座城市颠倒，我会给你怀抱……”

当时，我的直觉是这个女声（后来才知道主唱是男的）好特别，能把一首简单的情歌唱得这么清新、浪漫。我问Juli这首歌叫什么名字，谁唱的。Juli说：“这是《小情歌》啊，台湾现在很火的一个乐队——苏打绿的代表作。”

原来，他们是苏打绿。

那以后，便去翻他们的歌听。开始还只是单纯地喜欢他们的音乐，直到在一本杂志上看到苏打绿主唱吴青峰的一段话，便彻底沦陷了，他在小巨蛋演唱会上说：

“如果你们有一些梦想，苏打绿今天站在这边，我们都可以做到，你们也一定可以。**请你一定要相信自己，一定要接受喜欢自己的样子，一定要让自己变成你真心会喜欢的样子。如果你想要做的，不是长辈控制你的样子，不是社会规定你的样子，请你一定要勇敢地为**

自己站出来，温柔地推翻这个世界，然后把世界变成我们的。”

那一瞬间，我觉得他像一个超级英雄，如果当时我在演唱会现场，我想我一定会看到他身上散发出来的耀眼光芒。

我们为什么会有偶像？为什么会疯狂地迷恋、追逐一些离我们很遥远，伸手不可及的人？因为他们有大大的梦想啊，因为他们很勇敢啊；他们说了很多我们很想说，却不敢大声说出口的话；他们做了很多我们很想去做，却压根没有开始的事情；他们做成了我们想要完成，却最终失败了的事情。他们是我们的英雄，是理想化的我们。

“勇敢地为自己站出来，温柔地推翻这个世界，然后把世界变成我们的。”这是多么伟大的英雄梦想，足以让每一个人热血沸腾的梦想。

2

这个世界是没有办法被讨好的，就连你的父母、亲戚、老师、朋友，都是没有办法被讨好的。

我来自一个很普通的家庭，在我很小的时候，爸妈就帮我规划好了人生轨迹。他们说，作为父母，我们能给你的毕竟是有限的，你以后的路还是要靠自己，你要好好学习，天天向上，将来考个重点大学，找一份好的工作，你要努力，你要出人头地。

于是，我听他们的话，努力学习，读好的高中、好的大学。毕业后，用一份还算拿得出手的履历找了一份喜欢的工作，并且为之奋斗。

然后突然有一天，他们说，你去考公务员吧，你去考教师资格证吧，你回来工作吧，你看那谁的女儿，也是英语专业本科毕业的，回来考试当了个中学老师，不是很好吗？每年有很多假期，人也很轻松，你干吗放着舒服不选，偏要一个人跑到上海去折腾，让我们天天为你操心？可是，你们以前不是这样讲的啊，你们只要我找一份好工作，能够经济独立，照顾自己就好了啊？

他们说，学生阶段，要以学业为主，不准谈恋爱，反正你大学就算谈了恋爱也不会有结果的，这样的论调一直持续到我读大学都没变过。于是，我听他们的话，中学有喜欢的人却没有恋爱，大学里有喜欢我的人、有我喜欢的人，也没怎么谈恋爱。

然后等到毕业后没多久，他们着急了、开始催，你怎么不谈恋爱啊？你怎么不带男朋友回家啊？你看，我们家这条街还有几个像你一样的，这么大个人都不谈恋爱的？然后他们就会告诉我，谁家的孩子带男（女）朋友回家见父母了，谁家的孩子订婚了，谁家的孩子会打酱油了。可是，你们以前不是这样讲的啊？以前读书的时候，你们不让我谈恋爱，现在我到哪里去找一个我喜欢的、喜欢我的、各方面都合适、你们也满意的男朋友，或者说结婚对象呢？

我知道他们很爱我，我也很爱他们，我不想，也不忍心让他们失望。我以为我按照他们的标准生活，他们就会开心、满意。但事实却是，我进步和完成指标的速度，永远没有他们评判标准改变的速度快。这样的经历绝对不会是个别案例，我相信，有很多“80后”“90后”跟我有一样的经历和困惑。

小的时候，老师告诉我们，要好好读书，努力学习，将来要做一个对国家、对社会有用的顶天立地的人。于是，你朝着这个方向努力，读书时很认真，工作时很卖力，你相信你所做的这一切都是有意义的。

我记得高一那年，有一堂语文课，老师讲完了课本上的内容，就跟我们聊起林语堂、辜鸿铭和钱钟书，聊《京华烟云》《春秋大义》（又名《中国人的精神》）和《围城》。他提问了很多同学对这些作品的领悟和评价，末了，他问了一个很经典的问题：你的梦想是什么？（这绝对不是汪峰的首创）

班上有一个平时很沉默的、很不起眼的男孩子突然站起来说：“好好读书，以后报效祖国，建设家乡。”没等他的话音完全落下，班里面已经骚动起来，有人用力鼓掌，有人窃窃私语。语文老师用手示意安静，说了一句意味深长的话：“你的梦想很好，希望你能记住自己今天说过的话。”

可是，后来的老同学聚会上，你发现，老师和同学们关注和谈论的焦点，不是国家怎么样、社会怎么样，不是你在做什么工作、有多大的意义，而是你一个月工资多少，现在做到什么职位了，谁又开了几家公司、几家店，谁今年又赚了多少钱，谁来参加聚会，谁去看他的时候开了哪个牌子的车。

于是，你终于明白，这个世界是没有办法被讨好的，这个世界表现出来的样子，跟它真实的样子一点也不一样，这个世界上不光是陌生的人，就连你最亲近的人也是长着两副截然不同面孔的人。既然如此，那么，我们为什么不干脆一点，潇洒地做自己呢？为什么不去按照自己喜欢的方式生活呢？

3

我们不知道自己因为什么来到这个世界，也不知道经年累月后，会以怎样的方式离开这个世界，更加没有人从死后的世界折返，告诉我们，有没有轮回转世，死亡之后的世界按照怎样的规则运行。我们并不知道有没有下辈子，如果没有下辈子，那你现在的人生就只有一次，你舍得用这独一无二的生命去过别人嘴上的生活吗？

我不舍得，也不甘心。我并不想当一块任人揉捏的橡皮泥，也不想当一滴面目模糊的水，我只想做好我自己，过好属于我的人生。我可能就活这一次，一定要风生水起。

我没有向父母妥协，按部就班地走他们安排好的路；没有放弃在上海的工作，选择家里的安逸舒适；没有放弃对爱情的追逐，像应付差事一样地恋爱和结婚。我想做自己喜欢的工作，想跟自己喜欢的人在一起。于是，我小心翼翼地守护着对生活的炙热、对梦想的坚持、对爱情的期待。

有一个朋友曾经问我，你这样子坚持累不累，毕竟这份坚持换来的结果未必是完美。我很认真地看着他说，不会啊，我很快乐，真的很快乐，因为我选择了跟自己喜欢的一切在一起，因为我有信仰，因为我心底的那一团热血还在。

朋友S，大学毕业工作了三年后，不顾所有家人的反对，辞掉了一份在银行系统的金饭碗工作，去美国读书了。临走前，他说，这不是任性，也不是为了逃避生活，只是想趁年轻去看看外面的世界，不想一辈子都待在那方寸之间。

另外一个朋友醒哥，即使遭遇了极大的阻挠，还是毅然辞掉了一份二线城市研究所、国企正式编制的工作，出来创业了。

他说，自己是一个很有想法的人，但国企的工作最需要的是溜须拍马和察言观色，最不需要的是个性和想法，就算你提出了再有建设性的方案，也不会有人采用，别人只觉得你的创造力和拔尖都是一种对体制和环境的挑战。他认为自己27岁就过上一份报纸、一杯茶的生活，似乎太早了。

我从来没有想过去怂恿叛逆和刻意地特立独行，我只是希望每一个人都可以做对自己而言最好的选择，都有勇气这样做，哪怕你这样做不被理解，哪怕你要顶住很大的压力，我也不想你为了讨好世界而妥协，不想你委屈自己，做任何不能让自己感到开心和骄傲的事情。

我们每一个人都有过大大小小的梦想，在冰冷残酷的现实面前，有人选择了执着，有人选择了放弃。走着走着，你会发现，原来人生最大的收获是经历，是走过的地方、看过的风景、爱过的人。我一直相信，日后垂暮之年，等到我们头发花白、牙齿掉光了，最能鼓舞和支撑我们活下去的，一定不会是金钱和地位，而是那些沉甸甸的曾温暖过我们的回忆和经历。

如果你现在还有梦想，那就努力去实现吧。

如果你梦想当个画家，那就去画画吧；如果你想当个音乐家，那就去玩音乐吧；如果你想当作家，那就从现在开始码字吧……我们真的不需要做长辈规定我们的样子，不需要做社会规定我们的样子，我们只做自己喜欢的样子，做自己喜欢的事情。

如果这个时候有人站出来，打击你、泼冷水、嘲笑你，那就让他去吧。大声说一句："I don't fucking care！"或者，只是淡淡地回一句，"哦，那又怎样？"

我知道，我们没有办法直接改变眼前的这个世界，也没有办法一下子改变固有的观念和看法，我们只能先改变自己，通过自身的改变带来的磁场和环境的变化，去慢慢地影响和改变眼前的这个世界。

不要害怕失败，不要害怕会吃亏，不要害怕你跟别人不一样，不要害怕你的梦想被别人嘲笑，让我们一起温柔地推翻这个世界吧！

如果没有人看见我，那我就站到有人能看见的地方

1

南是我大学时同届不同系的校友，也是我在上海这座城市最好的朋友之一。

我们是在选修课上认识的，后来碰巧又进了同一个社团，但那时并没有太多的交集，也只是看见了会打个招呼的关系。

我跟南真正成为朋友，是在我们各自辗转到上海工作以后。2012年大学毕业前夕，我辞掉了宁波一家集团公司的管理培训生的实习工作，一个人跑到上海打拼，他毕业后直接去了香港，一年后，从香港

又跳槽到了上海的一家金融公司。那时我们都没加入上海N大校友会的圈子，都以为彼此是唯一一个N大毕业后跑到上海工作的校友，互相照顾的我们，自然而然地就成了很好的朋友。

今年7月的某天，我们约了在正大广场的一家泰国餐厅吃饭。坐下，点好菜以后，南把手机递了过来说：“夏，帮我看看这篇文章，有空帮我改改。”

我接过来一看：

《楠在南方，离西藏不远的地方》

5月的西藏，是一个情怀的地方。如果你像我一样，敬畏宗教，热爱生命，在旧梦已醒，新梦未续时，踽踽独行，那就来西藏吧……

我说：“怎么，你也开始走文艺青年路线了，不唱歌了？”

南是我们那届“校十佳歌手大赛”的第一名。第一次见他，是在林杏琴，他以一身藏服、一曲藏歌惊艳全场。第二次见他，是在锦绣小剧场，那一次他担任的是“商学院十佳歌手大赛”的评委兼嘉宾，比赛临近尾声时，他唱了摇滚版的《can 't take my eyes of you》，一下子点燃了现场的气氛，台下的观众有一大半都站了起来，随着节奏一起摇摆，抢尽了当晚所有参赛选手的风头。

他说：“歌当然还要唱，这篇文章我是打算投到公司期刊上的。”

现在的他，在上海陆家嘴附近一家著名的外资银行上班，白天是高贵冷艳的金融男，晚上则是骚气十足的酒吧驻唱。

我说："你怎么突然想起来写东西了，没听你提起过啊？"

他说："好久没动笔，想练练手。当然，还有别的原因。"

金融圈里个个都是人精，更何况是像他们那样精英林立的外资银行，自从老大提拔了他当助理以后，他明显感到自己周边的气场都不对了。

公司里流言四起，很多人都在背后议论，说他不是金融科班出身，毕业也不过两三年的光景，有什么能耐，凭什么就坐上了VP助理的位置。而他毕业以后，为了快速适应职场环境，掩盖了许多锋芒，这一次他想将自己的锋芒一点点地凝聚回来，用实力证明给他们看，他不光能将VP助理的工作做得很好，还有许多他们看不见的闪光点和特质，如唱歌、钢琴、运动、写作等，他想证明自己，更想证明老大的眼光没有错。

南说，他一直记得入职前老大对他说过的话，他说："南风，在那么多过关斩将的精英里面，我偏偏挑了你当我的助理，是因为我看中了你的能力，更欣赏你的多才多艺，你很像年轻时候的我，不要让我失望。"

听完了这些，我感慨了一句："所以，你很'心机婊'，不过我欣赏你，干得漂亮。职场本来就是吃人的地方，金融圈更是吃人不吐骨头，没有几分武艺傍身，怎么能安然行走在这个险恶的职场江湖上？"

语罢，举起杯子，假装敬他。

南忽然嘴角上扬，说了一句："当然，低调太久了很不习惯，也是一个重要的原因。"

2

如果没有人看见我，那我就站到有人能看见的地方，让别人看到我的能力。不仅是南，其实我也做过这种事情，努力地站到有人能看见的地方，希望有人可以看见我的光芒。

我第一次很努力地想要被人看见，是大一的时候。

那时的我，很仰慕外院学生会里的一个学长，他大我两届，是当时学生会的副主席，英俊潇洒，能力过人，明里暗里喜欢他的女生不在少数。

但是，像我这种外热内冷只懂暗恋的人，是没有勇气像其他女生一样跑去表白的。于是，我只好采取一种更为曲折的方式引起学长的注意，在学生会招新的时候，屁颠屁颠地跑过去报名，几轮筛选之后顺利地进了外联部。后来，每次学生会开会，我都拿上本和笔，特别认真地听学长讲话，特别积极地发言，即使不涉及我们部门的事情，我也会跑过去，或是帮忙，或是旁听。久而久之，学长从看到我一脸的茫然，到记住我的名字，到后来一看到就会熟稔地说一句："林夏，你也在。"

那时，我不敢表白，也不想表白，只是远远地看着他，他偶尔抬头也会看见我，我总觉得自己能守住这样简单的平静也是一种幸福。

为了能让学长一直看见我，我在外联部工作的那段时间非常地卖力，大二的时候学院的一台晚会需要赞助，我跑了很多次市区，跑了很多家公司和机构，受了许多冷眼相待、被拒绝了很多次后，终于谈下了一家英语培训机构的赞助。庆功聚餐上，学长还点名表扬了我，我当时开心地飘了起来，一不小心还多喝了几杯酒。

然而，暗恋这种事情通常都不会长久，也得不到完满的结局。

我读大二的时候，学长交了一个女朋友，是商学院的美女，也是学校里的风云人物，他们很般配，我也从远远地看一个人，变成了背对着两个人，直到消失在同一个画面里。

再后来，学长去了英国，也停掉了所有社交账号的更新，我们再也没有联络过。

我第二次努力地想要被人看见，是大学毕业初入职场。

2013年的夏天，非广告科班出身的我，凭借着较好的中文功底和英文水平进了上海小有名气的一家广告公司，担任文案策划，直属领导是创意总监。

刚进公司的那两个月里，日子过得很清闲，这不是因为我偷懒，而是根本没有人特别吩咐过我做事情，大概他们也不知道我这个新人能做什么事情，不敢委以重任吧。我每天的工作也就是在网上搜集公司正在维护的几个品牌的资料、写简短的文案以及做工作日报。说实在的，那阵子真的很无聊、很失落，因为我的日常工作，跟想象中挥斥方遒、指点江山的广告圈生涯相差甚远。

9月，事情出现转机。

公司拿下了一个著名的全球500强品牌亚洲峰会的案子，由于客户是500强外企，往来的文件和材料大多为英文，与我同期进公司的英语较好的几个实习生都被抽调到了这个案子的项目组支援。峰会召开的前两天，我们就住进了酒店，那场行业峰会持续3天，有1个主会场和6个分会场，每个会场的主题和内容都不一样，所以要准备的材料和文件非常繁杂。可是，直到峰会前一天晚上，我们才陆续拿到该品牌全球各部门领导的演讲PPT，只有一晚上的时间，要把所有的演讲PPT进行英汉互译、整理汇总和调整排版。

在临时布置的会务办公室里，项目总监问了一句："你们今天谁把PPT整理出来？"

他说完这句话的时候，原本声音有些嘈杂的酒店客房里忽然安静了下来，只听见那个从办公室搬过去的有点老旧的复印机发出的噪声，每个人都各怀心思。项目组的人是不会接这个活儿的，因为本身搭建、布置会场和彩排的事情都搞得他们头大了，其余的实习生每一个人都跃跃欲试，每一个又都不敢轻易尝试。谁都想要在关键时刻表现一下自己的能力，得到领导的赏识，但这毕竟不是练习，是实实在在的项目执行，如果搞砸了岂不是自毁名声？而且时间又这么紧张，PPT里有很多的行业专业术语，不是说只要英语好就能解决问题的。

我在大脑里快速地权衡了利弊，往前走了一步，说：“要不我来弄吧。”

他说：“你是？新来的实习生对吧——你叫什么名字？”

我说：“我叫Summer，就是夏天的那个Summer。”

“哦，我有印象了，那个英语专八是吧，那——就你了。”

那天，我走了一步险棋，揽下了这个既苦逼又至关重要的活儿。

我从晚上6点多开始弄，先从头到尾过了一遍所有的演讲PPT，然后按照会议的流程做好了目录页，然后一边翻译，一边调整排版。到凌晨2点多的时候实在困得不行了，站起来泡了杯咖啡，一个人端着杯子走到了窗前，拉开了帘子，有点发呆地看着窗外，原来，凌晨的上海是这个样子的。城市的夜晚是很难看到星空的，那晚也一样，撑起妩媚夜色的是鳞次栉比的高楼大厦和妖娆的灯光。

刻意没有放糖，等咖啡的热气散去，我一口气喝完了它，稍微活动下筋骨，又坐回电脑前继续做PPT。

就这样强忍着睡意，一直做到第二天早上6点多，也就是会务的当天，跟我睡一个房间的同事方姐姐已经一觉醒来、洗漱完了，她见我还坐在电脑前工作，拍了拍我的肩膀说：“待会儿我下去吃自助早餐，一起吧，你都弄了一晚上了，换换脑子！”

“不用了，你先去吧，或者你帮我随便带点什么吃的，我还差一点就弄完了。”

“你真的不下去了？听说这家酒店的自助早餐很丰盛。”

饿了一晚上的我有点动摇，犹豫了一下还是回绝了，说了句：“算了，我还是不去了，我想趁着自己意识还清醒赶紧弄完，我一旦中途离开，估计回来就弄不下去了。”

等到7点45分，我终于整理好了主会场所有的演讲PPT，中英文加起来一共400多页，主会场为了方便来自全球各地的品牌客户，舞台上布置的是双屏幕，正式会议的时候，一半显示英文，一半显示中文。发完邮件，又将PPT复制到会务资料的U盘里面后，我就一头倒在床上睡着了。

那场活动做得很顺利，客户对我们公司硬件上的筹备、软件上的执行把控都很满意，而我，也一战成名。

虽然，比起项目总监、项目经理和客户总监的统筹规划和现场管控，我做的事情微不足道，只不过整理了演讲PPT而已，但那样果断踏实的执行力却让我在公司的那届新人中脱颖而出。在酒店客房里开香槟庆祝的时候，领导点名表扬了我，第一次因工作上的努力而得到肯定，第一次在职场上开始被看见。

项目结束再进公司，大家就都知道了创意部新来的一个叫Summer的实习生做事情很拼命，熬了一整夜弄了400多页的PPT。但这些都不是重点，也不是我真正想要的，我在意的是，那以后创意总监开始认真带我了，把“天龙八部”的资料发给我看（当时公司的内部培训文件）、跟我讲概念和创意的发想、教我写策划案，我终于从一个无用的摆设变成了一个有用的工具。

可以这么说，一开始，我只是进入了广告公司的门，PPT事件以后，我才开始真刀真枪地做广告和策划。

半年后，我当上了创意总监的助理，慢慢地也可以在“头脑风暴”的时候底气十足地站起来，走到会议室的中央，大胆地发表自己的见解了。再后来，总监开始给我机会独立策划项目，我开始体会到广告人的乐趣，也终于明白美国总统罗斯福对宣传部长拉斯克尔说的那句“不做总统，就做广告人”的深刻意味。

3

小时候，我们都以为自己是盖世英雄，与众不同，好像随时会发光一样。

可是长大以后，遇见的人多了，经历的事情多了，我们的世界反而变狭窄了。我们很少再凝视宇宙、星辰和大海，很少再天马行空地思考稀奇古怪的问题，追问十万个为什么，眼光慢慢聚焦在眼前的悲欢离合和生活的跌宕起伏上，也不再相信自己有什么特别之处。

当我们来到这个世界上的时候，我们每一个人都是原创，但渐渐地很多人活成了盗版，不再相信自己是独一无二的，不再对生活抱有更美好的期望。但你有没有停下来思考过，现在的灰暗处境真的是自己无法改变的吗？也许你难过失意，但不知道从何做起，也许你不止一次地问过自己，**世界那么大，茫茫人海，芸芸众生，我到底要怎么样做才能被别人看见？**

我不知道你在这个世界上的哪个地方，做些什么，想要成为什么样的人。你可能还是一个学生，还在读书，坐在教室的最后排，因为学习差、不善言辞而总是被忽略；你可能是一个初入职场的新人，被各种各样的职场考验和人际关系弄得应接不暇，不知道怎么在竞争压力巨大的职场上脱颖而出；你也可能是一个艺术工作者，因为自己的作品遇不到伯乐伤神叹息；又或是一个为爱所困的人，有了喜欢的人，却不知道如何表达情感，如何让对方看到你的真心……

但有一点是相通的，你们都不那么喜欢自己现在的位置，都想要被人看见。既然如此，为什么不勇敢地走出来，客观审视自己的处境后，找出一个突破点，想办法站到一个可以被人看见的地方，站到一个你在意的人能看见的地方，用你的能力和才华证明自己？

听起来好像很复杂，但是将任务进行阶段分解后，事情就变得很简单了：

一、你要找到自己的闪光点，将自己的长处发挥到极致。

二、你要清楚自己想要被哪些人看见，你的老师、你的老板、你的伯乐，还是你喜欢的那个人？

三、你要清楚这些人的常规位置是哪里，而你又要站到怎样的位置才能被他们看见？

四、努力吧，让自己变得越来越优秀，这才是你最好的筹码。

五、有些时候，你不一定要做到最好，但你只要比同场竞技的人优秀，就已经能轻而易举地脱颖而出了。

我相信，终有一天，你会被看见的，终有一天，我们会在各自的平行时空里发光。

很多事情，只要你愿意努力，只要你愿意做出一些改变和突破，结局就会大不相同。

我们读大学到底该读什么

1

表弟阿轩今年顺利地考上了省内的一所重点本科，高考结束后的这个夏天，他的生活被同学聚会、打游戏、看球赛和睡懒觉填满了，那段时间连他的影子都见不到。

去学校报到的前一周，阿轩奉母命到我家来玩，舅妈早就跟我打好招呼，想让我给他洗洗脑，不然怕他到了大学里没有人管，自律性又差，虚度了四年时光。

我怎么会不明白她的担心。在中国，当我们还是个中学生的时候，高考似乎是我们每一个人的“终极目标”，于是我们拼了命地读书、考试、复习、备考，就为了打赢高考这个终极大BOSS。可是，等打赢了这个大BOSS，等所有的狂欢和喜悦都用尽，大部分人又会陷入无尽的怅然若失和迷茫中，因为我们对未来并没有清晰的规划，我们并不知道以后的路要怎么走。

我坐在地板上看书， 阿轩看到我卧室的书架上残留的几本高考复习教材，惊讶地跳起来，说：“姐，你居然还留着高三的书，真牛。我一考完试，就赶紧让我妈把所有的课本和试卷整理好卖掉了。三年的高中生活，都耗费在那一堆书里了，连一百元都不到。你怎么还留着它们，你看着这些书不烦吗？”

我站起来，把他抽出来的几本书又放回去，说：“不烦啊，因为这些都是回忆。”

自己走过的路，怎么能轻易推翻呢?

他接着说：“快速问答时间，如果要给你的大学生活打分，你会打几分？”

“我想想，七分吧。”

“也不高啊。我放假无聊刷了很多微博和帖子，发现很多人都说上大学没什么用。你觉得上大学有用吗？就为了混满四年，拿两张证书？”

“网友的话，认真你就输了，大部分人都是以偏概全、随口乱啧的。人家玩了四年把自己玩报废了，当然说没用了。但我身边有很多朋友，四年之后都脱胎换骨了，你说有没有用？所以，有没有用要看，是大学上了你，还是你上了大学！”

“上大学还是被大学上？姐，你现在也太简单粗暴了吧。其实，我不知道怎么读大学，完全没什么想法。”

我说：“其实很简单，好好读书，好好恋爱，少打游戏，多运动。”

2

对于每一个已经大学毕业的人来说，我们多少会有自己的遗憾。但是对于还没有进入大学，或者大学生涯才刚刚开始的你们来说，大学还拥有无限种可能，如果早一点明确自己的目标，如果早一点规划起来，那么，你们的大学可以更加精彩。

上大学到底怎么上？希望看完了下面的内容以后，你会找到自己的答案。

端正态度与信念，请你相信读大学是很有用的，并且牢记以下几个公式：

1.读大学≠上课＋考试＋凑学分＋领证（毕业证、学位证）

2.读大学＝学习“三做”（做人、做事、做学问）＝提高“三商”（智商、情商、逆商）=学习知识＋get技能＋健全人格＋强健体魄＋端正心态＋学会人际交往（有选择地交朋友、大胆地恋爱）＋规划未来，

etc.

3.电脑≠游戏机（尤其是男生）

4. 电脑≠视频播放器（尤其是女生）

把大学当作社会的预备役，培养自己的综合素质与能力，为更好地走以后的人生路铺路搭桥。

●知识&技能篇

1. 搞清楚学习的概念

1）学习≠被动学习≠上课＋考试＋拿学分，学习＝主动学习＝勤学敏思＋学以致用

2）把学习当作终生的事业，很有必要

现在的知识更新换代太快了，举个例子，你学的是传媒专业，但是，经实践检验的传媒理论和应用手段更新换代的速度，要远远超过你课本更新换代的速度。如果不一直学习，等到毕业时你会发现，课本上学的东西根本无用武之地，全部过时了。

2. 正确地对待专业课

如果你读的是自己喜欢的专业，那么恭喜，你没有借口逃课和挂科了。如果你读的是自己讨厌的专业，那么你有两条路：

一、想办法转专业。我知道部分大学是可以转专业的，一般是第一个学年成绩名列前茅的可以申请转专业，所以你需要搞清楚自己学校转专业的条件，并且为之努力；二、即使不喜欢，也保证专业课成

绩过关，千万别挂科。你要知道，在校内，评奖学金、争取出国、保研等机会，专业课成绩都是重要门槛，在校外，很多500强企业面试时都会参考你大学时的成绩的。有些时候，成绩就是一个人能力的体现。

如果你的专业很水，那么你要想办法学得不水，这就是你将来领先别人的优势。如果你读的学校本专业很弱，那么你可以去网上找名校同专业的网络公开课进行学习，条件允许的还可以去临近的好学校蹭课。

如果你的专业课老师水平太烂，或者你实在对专业课没什么兴趣，那么你可以**有选择地翘课**。但你要知道翘课是有机会成本的，你冒着点名不到被发现、平时分拉低和期末挂科的潜在风险翘课，不是为了回宿舍看片子、打游戏和睡觉的，你翘了多少节课，就得做多少等量时间有意义的事情，比如听名家讲座、参与社会实践、钻研你喜欢的其他专业知识和技能。

3. 学习掌握必要的通识类知识与技能

我所理解的必要的通识类知识与技能，是指无论你将来从事什么职业，无论你的人生理想和生活理想是什么，学习掌握以后都将受益终身的知识与技能。

虽然，每个人的具体情况不同，但是，我相信你们都可以从下面这些通识类知识与技能入手。

如果你对自然科学感兴趣，请自行学习自然科学方面的通识类知识，适当读一些物理学、生物学、天文学等方面的书籍，了解人与自然的关系，有助于帮你确立一个更加豁达的人生观。如果你对人文科学感兴趣，请适当地读一些历史、政治和哲学等方面的书籍，相信我，读完这些，你的眼界和思维能力的提升将更好地指引你走以后的道路。

另外，请学习和掌握以下知识和技能，不管你将来是就业还是创业，都将获益无穷。

1）演讲辩论能力

有一本书的名字叫《会演讲的人成功机会多两倍》。毛泽东、奥巴马、普京、乔布斯、马云，这些名字你都不陌生吧，哪一个不是出色的演说家？

2）阅读与写作技能

这里的阅读与写作，更为准确点说是“输入与输出”的技能，你需要培养的是正确地摄取信息和输出信息的能力，你摄取的信息可能是文字、图片、声音等，你输出的信息也同样如此。

学会这些，绝对会为你的职业生涯助力，至少你不会写错邮件和重要文件了吧。

3）沟通与谈判技巧

不要以为坐在谈判桌上双方对峙的时候才需要用到沟通与谈判技能。不管你处于怎样的位置，就业还是创业，国企还是外企，都一定有针对这个位置的甲方与乙方，上有客户，下有供应商，上有领导，下有同事，与哪一方的对接不需要你的沟通与谈判技巧？谈工资、谈客户、谈合作条款等，哪一件事情不需要用到你的沟通与谈判技巧？

4. 学习掌握自己感兴趣的知识与技能

1）找到自己的兴趣所在，把兴趣转换成技能

兴趣才是最好的老师，音乐、文字、美食、旅行等，只要是你喜欢的，就不妨花心思去了解和学习。喜欢音乐，除了听歌以外，你还可以学一门乐器啊；喜欢文字，除了看小说以外，自己也可以试着写一些文章啊；喜欢美食，除了四处搜罗美食之外，也可以自己学着烹饪啊。这样不仅能够丰富大学生活，提高生活品质，更有助于在与喜欢的事物朝夕相处的过程中，明确将来的就业或创业的方向。

2）给自己设定一个目标：一年get一项新技能

等到四年后大学毕业，你会发现自己变成了一个多才多艺的达人，从某种程度上讲，这也有利于你以后拓展交际圈和建立人脉。

3）学习掌握一门外语

把英语学好，毕竟就算你英语再差，从小学到大学也是有基础的，学起来会比较容易。如果你实在是对英语不感兴趣，那你就学别的语言，日语、德语、法语，任何一种都可以。

有第二语言优势的人，在职场上的竞争力会更强。我认识一个学长，学的是航海技术专业，毕业后就一直在海上漂着，能力很出色，但是因为英语太差，一直升不了大副，很是郁闷。毕竟升了大副以后，薪

资待遇跟他现在完全不是一个级别，听说最近他开始重新学英语了。

4）保持自己对新鲜事物的热情和学习能力

是的，为了学习而学习，为了保持好奇心和学习的能力而学习。爱因斯坦曾经说过："我没有特别的天分，只有强烈的好奇心。永远保持好奇心的人是永远进步的人。"

一个人没有好奇心是可怕的，一个人连自己喜欢的事情都学不好、做不好也是可怕的。

5. 试着去学一些你不喜欢但是可能有用的知识与技能

在这一点上我颇有感触，因为自己从小数学差，所以我排斥一切与数学、数字相关的东西，但是现在因为工作的原因，也会经常接触一些财务和金融上的东西，每一次我都会被自己蠢哭。所以，如果重回大学，我想我大一会好好学高等数学，大二开始会主动去学一些基本的财务和金融常识。因为你永远不知道你到了哪个阶段会用到哪些知识，多学一点总是没错的。

● **人格&思维篇**

1. 认识到健康、健全的人格的重要性

人格一词来源于希腊文的persona，原指古希腊戏剧演员在舞台上演出时所戴的面具，类似于京剧中的脸谱，也用以指演员本身和一个特殊性质的人。现代心理学沿用persona的含义，转义为"人格"，指的是具有综合性与持久性的心理特征所构成的个人特质。

华南农业大学的校长陈晓阳，在一次讲座中曾经提到过，人生的较量有三个层次，最低层次是技巧的较量，其次是智慧的较量，而最高层次的较量则是人格的较量。可见培养健康、健全的人格有多么重要。

2. 有意识地培养自己健康、健全的人格

1）客观地认知自我、他人和世界

既不妄自尊大，又不妄自菲薄。清楚地认识自己的优点和缺点、优势与劣势，一方面从心理上认可自己、接纳自己，另一方面不断地努力改正自己的缺点，改进自己的不足。

客观地认知他人和世界，不要钻牛角尖，不要用自己的知识体系和思维模式去解读他人的言行。

2）培养良好的生活习惯，锻炼身体

一来，颓废的生活习惯和状态很容易将一个人的斗志和意志力磨灭掉。二来，人的身体疾病是可能诱发心理疾病的，一副羸弱的身体要如何控制住一个强大的灵魂？

打游戏和做运动，建议你选择后者。睡懒觉和上自习，也建议你选择后者。

3）心态放平稳，不要想着一步登天

每个人有每个人的资质，每个人有每个人的路要走。对那些比你厉害的人，那些比你拥有更多资源的人，可以羡慕，绝不嫉妒，但最

好是一笑而过。

古人有句话说得好，与其临渊羡鱼，不如退而结网。有精力和心思羡慕别人，倒不如省下力气来充实自我。

3. 培养自己的交际能力，正确地处理与他人的关系

1）建立良好的人际关系，学会与不同的人相处

大学是一个小型社会，也是一个文化熔炉，尤其在省外上大学的人对这一点的感触更深。大学里你会接触到来自不同省份、民族、文化背景和生活习惯的同学，你要学会的就是尊重每一个人，学会与每一个不同的人相处。

2）培养自己人格的独立性

君子和而不同，智者群而不庸。学会与不同类型的人相处，不代表要磨灭自己的个性，古人说的“外圆内方”就是这个道理。

4. 学会管理自己的情绪

能够管理好自己情绪的人，必然是能够驾驭自己人生的人，因为他们不会被外界影响，而改变自己的本心和初衷。

虽然我经常自我调侃，我脾气差是因为我控制不了自己体内的洪荒之力，但事实上我很清楚，我发脾气往往是因为我的能力解决不了我遇到的问题。可是，任由情绪爆发伤人、伤己又无益于问题的解决，对不对？

所以，还是管控好自己的情绪吧，用一种平和的心态去认识世

界、与人交往和处理问题，如果你能做到这一点，将来你一定会是一个非常厉害的人。

5. 培养自己健全的思维能力

具体请参照普林斯顿大学对本科生的12项衡量标准。

1）具有清楚的思维、谈吐、写作的能力

2）具有批判性和系统性推理的能力

3）具有形成概念和解决问题的能力

4）具有独立思考的能力

5）具有敢于创新和独立工作的能力

6）具有与他人合作沟通的能力

7）具有判断什么意味着彻底理解某种东西的能力

8）具有辨别重要的东西与琐碎的东西、持久的东西与短暂的东西的能力

9）熟悉不同的思维方式（定量、历史、科学、道德、美学）

10）具有某一领域知识的深度

11）具有观察不同学科、理念、文化之间的联系的能力

12）具有一生求学不止的能力

坦白说，如果你能掌握以上12点技能，你的大学真的读得太值了。

• 生活能力篇

培养自己的生活自理能力

学会在没有任何外力的帮助下，也能料理好自己的衣、食、住、行。就算以前读高中没断奶，现在上了大学离开了父母的怀抱也该断奶了吧？我实在不能理解那种脏衣服、臭袜子可以堆在宿舍一个星期不洗，甚至积攒到一定程度寄回家洗的行为。这是有多懒才能干得出来？

●个人情感篇

1. 关于交友

1）圈子要广，朋友要多，真心的一定要有

一开始我以为通讯录里那冗长的名单是炫耀的资本，直到后来我发现有几个能聊得来的，三观一致的朋友才最重要。可大学是一个全新的环境，如果不广撒网、多捞鱼，你要如何遇见那些与你英雄所见略同的人呢？只是别忘记了，能与你成为真正的朋友的人一定是能产生共鸣的人，一定是目标一致、聚集到一起能快速产生化学反应的人。

2）广结朋友的同时，要学会享受孤独

贾平凹在《孤独地走向未来》里面曾说，弱者是群居者，所以有芸芸众生。他说得很有道理，但我认为，真正的强者是既可以在人群之中高谈阔论、振臂高呼的人，也可以在喧闹退场、寂静上演时，休憩灵魂、冷静思考和享受孤独的人。

2. 关于恋爱

没有谈过恋爱的大学生活是不完整的。没有谈过恋爱的大学怎么能算是青春？所以，好好谈恋爱吧，遇到了喜欢的人，就大胆地追。

曾经有一个朋友，到了大四临近毕业才跑过来告诉我他喜欢一个女生三年了，一直自卑不敢追，让我帮忙研究对策追那个女孩子。当时我就说，兄弟，你早干吗去了？最后虽然毕业前他轰轰烈烈地追了那个女生一把，但还是宣告失败了。所以，爱情这东西，是不能等的，一定不要等到快要失去的时候才想着抓紧。

- **规划未来篇**

这是我最想说的一点，也是我认为最重要的一点。

为什么那么多人的大学生活不管最初的起点怎样，不管是“211”“985”还是三流院校，到后来，都浑浑噩噩地挥霍掉了？因为没有目标啊，因为看不到自己读大学的意义，因为没有独立思考的能力，看到别人玩，自己也玩，结果却发现那些颓废、堕落、疯狂玩的人，要么是有着不为人知的独特能力或特长，要么是在看不见的地方默默努力韬光养晦，要么就是官二代、富二代，根本不需要努力或奋斗，根本不愁以后的出路。

一定一定要找到自己的能力与兴趣所在，你的能力所在决定了你将来能做什么样的事情，你的兴趣所在决定了你以后做什么样的事情会开心。

一定一定要努力地去规划自己将来的人生道路，一定要花时间认真思考自己想要成为什么样的人，想要走什么样的人生道路，并且为之努力。

虽然有部分人属于大器晚成类型的，但是纵览别人口中听说的和我自己生活中遇到的很牛的人物，都是属于“立志早”类型的，他们之所以跑得快，并非都是因为天资过人，而是起点早、觉悟早、行动早。我不希望，你到了大学毕业，领了毕业证才开始纠结自己路怎么走，那个时候，有点晚了，坦白说。

3

每一个人的青春都好像乘着一辆呼啸而过的列车旅行，没有办法精心策划、步步到位，因为，不论你怎么样度过都一定会留有遗憾，往往还没等你看好车窗外的风景，列车就已经到站，旅行就已经宣告结束了。

大学也是一样，对于每一个已经大学毕业的人来说，我们每个人都多少会有自己的遗憾。但是，对于还没有进入大学，或者大学生涯才刚刚开始的你们来说，大学还拥有无限多种可能，如果早一点明确自己的目标，如果早一点规划起来，那么，我想你们的大学可以更加精彩。

希望四年之后的你，可以为自己的大学生涯画一个专属的符号，至于这个符号是问号、句号还是感叹号，就要看你自己了。

最后建议大家，大学期间试着去读《大学四年要读的101本书》书单上面的书。网上有详细的书单，百度一下你就知道。

Chapter 02

姑娘，你不努力，你想指望什么

你有没有想过，今天你羡慕的那些人，那些混得风生水起、风光无限的人，他们拥有怎样独特的能力或才华，经历了多少暗黑的时光，付出了多少苦逼的努力，流过多少汗水和泪水，才换来今天这样一个像是开了外挂一样的金灿灿的人生？

姑娘，你不努力，

你想指望什么

生活不是童话故事，太过梦幻的日子并不适合你，我特别喜欢你低下头认真做事情的样子。

——致每一个努力生活的女孩子

1

那一天，我记得特别清楚。

阴天，落大雨，我穿着一件单薄的黑色小西装外套，脚踩8厘米的高跟鞋，在繁华的宁波老外滩附近，逆着风艰难地步行。任由冷冰冰的雨水迎面打在脸和衣服上，有一种冬日里刺骨的寒意。

一个人在风中踽踽独行，却只换来了一场姗姗来迟、又草草结束的面试。

那一年我读大三，一心想做创意主题婚礼策划，为此还特地选了学校里的KAB（Know About Business）课程，而我KAB课程的结业作业是一份创意婚礼策划公司的企划案。

那段时间，我经常泡在宿舍或图书馆里搜罗婚庆行业的资料，一边看各种创意婚礼的策划案和视频，一边做笔记，梦想着有朝一日能做独一无二、真正意义上的创意主题婚礼策划，给每一个新娘子策划一场最完美的婚礼。

后来，经过一段时间的团队工作，我们小组的策划案因结构完整、细节出彩拿了个优秀。但我并没有想象中开心，因为我知道这始终只是纸上谈兵，我打算找一份婚礼策划的实习工作进行实战练习。在网上刷了好久招聘信息，最终敲定了当时宁波最热门的一家婚礼策划公司，投了简历一周后便接到了面试通知。

我花了很长时间准备那场面试，还特地问朋友借了一套职业装和化妆品，因为学校在郊区，位置有点偏，为了避免迟到，一大清早就收拾好挤上公交车往市区奔了。那家公司位于老外滩附近有名的一幢高楼上，我抵达那里时，离约定的时间还有1小时，到得太早，我还特地在外滩附近晃荡了几圈才进办公楼。

认真用心地准备了一场面试，按照约定的时间抵达了用人单位，结果人家人力资源主管说放你鸽子就放你鸽子，连一个解释都没有。

我听见前台给他打电话，电话那头的他交代了几句的结果是：

随便让公司里的一个文职人员敷衍地走了过场，问了很多没有水准的问题，那种感觉真的挺伤自尊的。那也是我第一次知道，离开了学校，想要在社会上立足、赢得他人对你能力的尊重和认可是一件多么难的事情。

2

离开那幢楼，回学校的路上，走到十字路口等绿灯，被从身旁扬长而过的汽车溅得一身泥水，躲闪不及之余还崴到了脚。

吃力地走在天桥上，目光掠过那车水马龙，川流不息，陡然生出几分被世界遗弃的苍凉感。

看见不远处的541路公交车，满载乘客飘然而逝的背影，我知道，我只能等下一班公交车了。

下雨天外滩附近的出租车更加难打，即使好打，我也舍不得花钱。找人来接我吗？找谁呢？况且，天很冷，那里离学校又很远。而我又一向不喜欢麻烦别人，最害怕欠别人人情。能够自己搞定的事情，绝不会麻烦别人伸一根手指头。

还不如等。虽然明知道，踩着高跟鞋挤公交车是一件很悲催的事情，不是东倒西歪，就是人肉夹馍。于是忍着脚踝的疼痛，在风雨中瑟瑟发抖地等下一班车。

偏巧近旁站着一对小情侣，旁若无人地卿卿我我，甜腻得不得了。我很识相地离他们远一点，再远一点，非常努力地减少存在感。

可我只顾着避开他们，却差点没避开在我侧后方骤停的一辆汽车，惊魂未定时，上面先后下来了黑着脸、红着眼的一男一女。

我看见那个男人用力甩开了女人试图去拉他的手，用异常冰冷的语气说：“分手吧，这样闹下去没意思。”女人好像很委屈，还试图再去拉他，却被他推了一下，差点跌倒。

我对陌生人的情感纠葛并不感兴趣，于是转过身，又返回了原来等公交车的位置。

当时的情景是，东北方向有一对甜蜜秀恩爱的情侣，西北方向有一对正在拉拉扯扯、闹分手的情侣，我一个人隐匿在后方，躲着雨、等着公交车，仿佛置身于黑白无声电影里。

也许是我巨蟹座的神经过于敏感脆弱，又或者是冰雨冷风又孤零零的情境渲染，一时之间，我不可避免地想起了很多人、很多事。家人、梦想、曾经喜欢过的人、最想要做的事、最想要去的地方……

一个人，想着，想着，就明白了很多。

姑娘，你要努力，如果你不努力，你想指望什么？你能指望什么？

是你觉得自己够聪明、够漂亮，还是你自信自己既聪明又漂亮？

是你有显赫的家世背景、足够的金钱？

还是说，你有跟偶像剧女主角一样的光环，恰巧有一个既死心塌地又心甘情愿养你的男朋友？即使他说愿意养你，你敢让他养吗？你就不怕，哪一天你们两个闹情绪了、吵架了，他冷不丁地冒出一句：连你人都是我养的，有什么资格跟我吵？你就不怕，哪一天，他累了、倦了，嫌弃你不独立、不干练、没主见？

姑娘，你要努力。如果你不努力，你想指望什么？

指望在你困窘落魄到没钱吃饭的时候，会有一个男人出现，温柔地牵着你的手去共进晚餐，还是他为你亲自下厨，棱角分明的轮廓经灯光投下一个好看的剪影？

指望在你被高跟鞋折磨到疼得一步都不想走，恨不得把鞋子扔掉赤脚走回家的时候，有一个人出现，背着你走完这段路，还是他摇下车窗温柔地对你说“上车吧，我送你”？

指望在你遇到困难和挫折、痛彻心扉的时候，会有一个英雄站出来，为你披荆斩棘、鞍前马后、遮风挡雨？

还是说指望自己刚走出校园就发现，早已经有人为你铺好路、搭好桥，从此一帆风顺，衣食无忧？

姑娘，你今年几岁了？还在做这种王子灰姑娘的白日梦，喜欢看霸道总裁和玛丽苏文偶像剧不丢人，但是，每天活在这样的幻想中却很可怕。生活不是童话故事，当公主或灰姑娘遭遇危难时，总有骑士或王子出现拯救她们。你想得太多了，想得太美了，哪里有那么多的Happy Ending，童话故事里只告诉你灰姑娘嫁给了王子，却没有告诉你嫁给王子以后的灰姑娘过得究竟好不好、快乐不快乐。

3

我一直记得读中学时在《扬子晚报》上看过的一篇关于郭德纲的文章，感触颇深：

他说："我小时候家里穷，那时候在学校，一下雨别的孩子就站在教室里等伞，可我知道我家里没伞啊，所以我就顶着雨往家跑，没伞的孩子你就得拼命奔跑！像我们这样没背景、没家境、没关系、没金钱的、**一无所有的人，你还不拼命工作、拼命奔跑吗？**"

姑娘，你不努力，你想干吗？

姑娘，你要认真地工作，努力地赚钱。这是为了你将来能过更好的生活，也是为了能让你的爸妈年老体迈、没有经济来源时还能过安享晚年的生活；是为了当你想要吃某种东西、想要穿漂亮衣服、想去旅行时，可以毫不犹豫地为自己潇洒埋单；是为了爸妈以后逛超市和商场的时候，能够像小时候舍得为你花钱买东西那样，为他们买东西；是为了以后他们同街坊邻居或亲戚朋友聊天谈论到你的时候，一脸自豪。毕竟，他们已经为了你的幸福奔波劳累了大半生，你不该让他们的后半生享点清福吗？

姑娘，你一定要好好地照顾自己，好好地爱自己。即使是单身一人，也要活得多姿多彩。你要记住，这一辈子，除了父母至亲，你不为任何人而活，只为你自己而活。你更加要清楚，你对自己的人生负有不可推卸的责任。

姑娘，不要害怕自己一个人。

单身，意味着你还有选择的余地和空间。单身，说明你有足够的耐心和勇气去等待那个值得拥有你的人。不要随随便便因为一个男人送点礼物、说点甜言蜜语，你就芳心暗许、晕头转向了。你要知道，并不是所有的女孩子都会有好几个备胎，但大部分的男人都会排好几个队。往往对你最穷追不舍的那一个，如果不是出于真心喜欢，那一定是你最先给了他可以继续、容易下手的回应。

如果一个男人真心喜欢你，他会选择你喜欢并且接受的方式对待你。同时，他会给你时间做决定，一定会等你的。那些在你犹豫要不要接受这段感情时转身就离开的人，其实并没有那么喜欢你。

是有那么一部分男人喜欢小鸟依人、柔情似水的女孩子，这无可厚非，毕竟，各花入各眼。但如果你们已经恋爱了，在一起了，他才说，不喜欢你这样的性格，觉得你独立又好强。那么，很好，你可以让他打车滚了。因为他根本一点儿都不了解你，真相不是你好强又独立，而是你非常非常没有安全感，而是因为你知道，自己如果不坚强，懦弱留给谁看？

这个世界上，只有两种女孩子，一种是幸福的，一种是坚强的。幸福的一直被捧在手心里，从来就不需要坚强。坚强的那一些，却是不得不坚强。

张爱玲说过："我要你相信，在这个世界上总有一个人在等你，无论在什么时候，无论在什么地方，反正总有这样的一个人。"

你才20几岁，你还有大把的青春年华。我不想你现在就将就，委曲求全地跟一个你并不爱的人在一起。那样，对他不公平，对你更不公平，因为你把仅有一次的人生浪费在一个不值得的人身上了。我很怕你连年轻的时候都不敢大胆地追求心中所爱，等老了，就只能追悔莫及、空余恨了。

姑娘，你一定要努力。

一过了20岁，很快，三字开头的年龄就来了。你不指望自己，还想怎样。你为什么不问问自己，如果只是享受着当一只单纯无知的小白兔的舒服状态，每天捧着奶茶，等着爸妈和男朋友来照顾你，你如何能经得起以后的漫长岁月？你就不会担心，天天喝奶茶过完你的20岁，等到30岁、40岁的时候，身上没有任何时光沉淀过的美丽与聪颖，脚边只剩下一堆脏兮兮的奶茶吸管吗？如果有一天，答应照顾你的人不愿意再照顾你了呢？

姑娘，别再白日做梦了。**生活不是童话故事，太过梦幻的日子并不适合你，我特别喜欢你低下头认真做事情的样子。**

累一点也好，苦一点也罢。

如果你现在就对自己各种放纵，将来你指望用什么样的条件来放松？别忘了，你只是一个普通人，拼不了爹，也拼不了男朋友。我相信，**你今天付出的所有努力和辛苦，都是一种沉淀，它们会随着时间的魔法帮助你成为更好的人**。现在拼命工作，努力赚钱，是为了以后不再为金钱所累，是为了不让别人有机会用金钱考验自己的本心，是为了将来可以做任何自己想做的事情，去任何自己想去的地方。

姑娘，好好爱你自己，再苦再累，照顾好自己。多疼多累，撑不住的时候大吃一顿，喝点小酒，找一两个知己好友，发发牢骚吐吐槽就可以了。要知道，**感同身受这句话说起来很好听，但真要动真格地实践却无比艰难**。

就好像富二代和逆袭的屌丝在一起玩，你羡慕他励志，他却羡慕你有钱。

生活永远在别处。别人的安慰，听到了会心一笑，事后，甩甩头就忘掉。如果你打算指望着依赖别人的安慰活着，那么你现在可以滚了。

为你打算的人很多，

但你才是自己的编剧和导演

1

今年有一段时间，我微博的私信爆了，听很多人说了很多故事，都是关于选择的。

“长不大的三文鱼”学的是编导专业，以后想当演员。消息传出去后，身边有很多朋友跳出来打击她，说她五官清秀但并不抢眼，真要进了美女如云的娱乐圈，不知道什么时候才能熬出头，不如趁早放弃，安心地学好自己的专业，以后进电视台当个节目编导。家人知道了她这个心思，也是极力反对，说也不看看那是什么圈子，就是一个名利场，根本不是身家清白的姑娘能待下去的地方。

她说，想当演员，并不是因为羡慕他们光鲜亮丽的生活，只是觉得当演员很幸福，每一个角色，都是一种全新的生命体验。可现在大家都反对她，自己也不知道是坚持还是放弃。

“超级篮板王”今年读大三，想休学一年，工作一段时间再回去读书。反正学历总归是能拿到的，只是比别人晚一年而已。关于未来职业规划的目标并不清晰，也许历练之后会找到想要的答案，国外不是都很流行Gap Year（空档年），自己也很想试试看。只是家里人不同意，怕自己进入社会后心会变野，无法顺利完成最后一年的学业，正在纠结。

“Cici公主”是家里的独生女，家境殷实，父母也都有稳定的工作。自己交的男朋友是个凤凰男，家里安排的结婚对象是个高富帅。

怕错过爱情，又怕错过了一份殷实的生活。怕自己出于市侩，选择了宝马男，才发现金钱并不能填满空虚的心，有爱才有幸福生活。又害怕选择了现有的感情后，才发现自己过惯了优越的生活，受不了平淡拮据，到一定阶段攀比心理泛滥，会后悔不听父母的话，一时意气用事，一辈子痛。不知道该怎么选。

好像在选择面前，每一个人都一样，当我们没有选择余地的时候，贪心地想要更多的选择，可真的有了选择1、2、3时，我们反而无从选择。身边总是有很多嘈杂的声音，有很多为我们操心的人，到底是听从别人的建议，过被安排的生活，还是坚持做自己，过自己想要的生活?

我想到了小唯。

2

我跟小唯曾经在同一家广告公司上班，我在创意部，她在项目部。我每天跟创意和方案打交道，经常熬夜加班做PPT，她每天周旋于客户和供应商之间，全国各地跑项目执行，Excel是她最好的帮手和最大的敌人。

去年8月，当我正埋头在一堆邮件里时，收到了小唯发过来的信息："亲爱的，我辞职了，9月离开上海回老家。"

事情很突然，我呆了几秒钟才回她："是回去休息一阵子，还是以后都不回来了？"

她说："不回来了。终于还是顶不住家里的压力，我得回去工作，然后相亲、结婚，过他们口中'安逸舒适'的生活了。"

"家里都安排好了？"

"嗯。差不多了，他们早就为我做好了打算……"

"哦，那，你走之前找个时间聚聚吧，吃饭、唱歌、喝酒，什么都行。如果你以后经过上海，一定要找我玩。我这里吃、住都方便的，你过来只是一句话的事情。"

"好！"

她离开上海的前一晚，我们沿着淮海中路走了很久，从流光白日一直走到灯光璀璨。

虽然，那天我们两个没怎么说话，但我很清楚她内心的挣扎。她在上海待了4年多了，没有爱上这里的繁华，却习惯了这里的生活，一个人在一个地方待得久了，就不愿意再换地方了。况且，离开并不是她自己的选择，而是家人帮她做的打算。

中国这几年的逼婚文化愈演愈烈，甚至到了一种变态的地步，好像到了一定的年龄不谈恋爱、不结婚就不正常，总免不了落人口实。于是，在这样大的环境和背景下不可避免地分裂出两种人：一种人早早地屈从于现实，马不停蹄地“被介绍”和“被相亲”，像是应付差事一样地恋爱、结婚；另一种人，还执着地守护着自己对爱情和婚姻的美好期望，相信自然邂逅和真情流露，孤单、徘徊着，坚定地等着一个人。

她说，原本以为能一直按照自己内心的想法活着，没想到还是一个俗人，还是逃脱不了被安排的命运。

但这并不是故事的结局。

她回老家后，在一家甲方公司做市场，接手的都是公司的一些老客户，做固定的品牌和固定的活动，比以前在广告公司轻松多了，下面有常用的供应商，很多东西都是外包做的。只是，已经习惯了以前每天忙碌得像旋转陀螺的节奏，一下子松弛起来，很不习惯。下班早了，都不知道在家里做什么。为此，她还特地报了英语培训班和驾校。

不堪父母的压力，相亲认识的男孩，硬着头皮交往了一阵子，最后还是分手了，实在是没有共同语言。家里又陆续地安排见了几个男孩，也都是同样的结果。几次之后，爸妈也气得够呛，问她究竟想找什么样的，以后随她去了，再也不为她瞎操心了。

原本，她以为自己妥协，放弃自己规划好的工作和生活，能够解决所有的争执，换来皆大欢喜、一片祥和。可她错了，**当一个人违背心意地做出一些选择，走别人安排的道路时，注定会不痛快、不开心，而这些不痛快和不开心形成的气场氛围，会波及身边的人，最终搞得所有人都不开心。**

我说：“其实，这样的结果我没有感到很意外。因为不管有多少人为你的人生做打算，可真正的编剧和导演始终是你自己。被人安排的人生，不会是你想要的人生。”

她点点头：“是啊，我打算回上海发展了，虽然具体的时间点没定，但心里已经决定好了。以后的人生路，会按照自己写的剧本走了。”

“好啊，如果你要卷土重来，我在这里等你回来。”

那晚，在微博上销声匿迹很久的小唯，发了一条状态：

人啊，必须走过弯路，才能知道自己真正想要的是什么，才会明白自己真正想要追求的是什么。错过，也没有关系，人生那么长，我们还年轻，一切都是可以推翻重新来过的，只要你足够愿意。

今年9月，小唯正式回归上海，回归广告圈。

她说自己这两年也真是够折腾的，曾经妥协，中途折返，兜兜转转，又回到了原点。生活果真还是要自己做主，也只有自己才能为自己的选择负责任，别人说的话都只是参考意见，听一听就好了。

3

选择一直是一件很私人、很自我的事情，虽然我们每个人都会遇到很多为我们出主意、为我们规划人生的人，但不管怎样，别人的意见都只是参考意见，最重要的还是顺应自己的心意，做对自己而言最好的选择。

别忘了，你才是自己的编剧和导演。

回到最开始的问题，每个人都不是真的选不好，也不是不懂得权衡利弊，只是当自己想好一个答案的同时，又冒出了许多别的答案，最初的坚定也染上了怀疑色彩。其实说到底，不是选不好，而是害怕选择以后承担一些不好的后果，所以痛苦、纠结。

但鱼和熊掌，终究不能兼得，始终要做决定。选择题的正确打开方式是，选择以前，好好地权衡思量利弊，想清楚自己最在意的是什么，最想要的又是什么。选择以后，坦然面对，勇往直前。总而言之，你的生活不要被别人牵着鼻子走，一定要做自己人生的编剧和导演。

记住，

你是一个品牌，不要自毁招牌

1

2月，我参加大学校友聚会，席间，在中国银行工作的学长H把我介绍给了他的一个大客户Z总，交谈得很愉快。校友会的活动结束后，Z总说找个地方一起喝茶，有个项目想聊一聊。

原来，Z总是上海一家规模较大的景观公司的老板，主要是帮国内一些有名的地产公司做景观设计、施工和绿化养护的，客户有万科、华润置地、龙湖地产等。因为公司经营得比较好，每年的利润都在持续稳定增长，现金流也比较宽裕，他打算抽出一部分资金做投资，几番思量，最终选了一个健康环保项目，资金已经众筹到位，部分资源也已经联络好，现在，就差一个好的团队做运营了。于是，他想到了我。

通过学长的介绍，他知道我先前是在广告公司工作的，有营销、策划方面的经验，目前在一家环保公司工作，对环保健康这个领域有一定的认知，加上言谈之间，觉得与我投缘，最重要的是他认为我年轻、有活力、主观能动性强，能够认真踏实地做事情。当场就决定挖我去帮他运营这个项目。

他说："有兴趣吗？你来帮我做这个项目的运营吧，薪资和待遇绝对会让你满意。"

我当时很惊讶，第一次遇到聊个天就聊出一份工作邀约的情况，但还是很快地反应过来，说："Z总，这个太突然了。你的这个项目，确实是一个很有前景的项目，运营好的话赚钱是一件没有悬念的事情。但是，我这份工作换了也没多久，还没有跳槽的打算，所以，可能要辜负你一番好意了。"

一般来说，我是一个很直接的人，心里怎么想，就怎么说，不喜欢弯弯绕绕的，当时也一样。但Z总并不了解我的为人，以为我这一招儿是以退为进、自抬身价，他很爽气地说："你现在年薪多少啊？我给你开双倍，运营这个项目的公司成立后，我会给你一定的股权，不会给你忽悠人的期权，你看怎么样？"

我更惊讶了，本能地"啊——"了一句。

他看我一时之间决断不了，便说："这样吧，我给你三天的时间，你考虑一下。这个是我的名片，你可以到我的公司来参观，随时欢迎。"

作为一个非"211"和"985"院校的本科生，毕业后又一直跨专业就业的无名小卒，遇到这么好的条件好像是没有什么理由拒绝，可我还是回绝了。

William辗转知道了这件事情，跑过来问我："这么好的机会，为什么不去试试看？"

我说："很简单啊，虽然我只是一个无名小卒，但我也不想砸了自己这块招牌。我没有十足把握做成的事情，就不想应承下来，有些事情，要么就不做，既然做了，就一定要做好。"

Z总知道我的心理后，跟我开玩笑地说，难道不相信我看人的眼光？

我说，我不是不相信您，我只是太了解我自己。

别人开了这么好的条件挖我，这是机遇和挑战，也更是一种诱惑。

双倍年薪、股权、独立运营，对我来说都是莫大的吸引力。可是，我呢，不过是一个毕业三年左右的职场新人，思维、眼界和能力都有很多需要提升的地方，揠苗助长未必是一件好事情。将来，我把项目做好了自然是皆大欢喜，万一我没做好呢？辜负了Z总的一番期望不说，还打击了自信、坏了招牌，毕竟，站得越高跌得越重。

我始终相信一个人的能力与他的位置是匹配的，等你的能力到位了，自然能坐到你想坐的位置，你现在做不了你想做的事情，坐不到你想坐的位置，不过是能力不够而已。只要一个人，聪明勤勉，认真做好该做的工作，且愿意敞开胸怀拥抱新生思维和事物，不断地提升自己的能力和综合素质，他想在未来的某个时间段，拥有一片独立的天地，并不是一件很难的事情。难的是，在自己能力还不够的时候，去抵挡一些机遇与凶险并存的诱惑。

对于每一个大学毕业生来说，毕业最初的五年，是你拉开与别人差距的最佳时间段。在这个时间段内，比高薪、高位更能吸引我们的应该是眼界和能力的提升，因为它们才是你将受益终身的东西。

2

这几年，“大健康”领域范畴内的创业项目似乎特别多，我的朋友Andy就做了一个国际医疗的项目，想把国内的高端病人，尤其是一些富豪，与美国顶尖的医疗资源对接，目前项目已经运营有半年的时间了。

7月前后，Andy找到我，说：“国际医疗的项目要开始在国内做推广了，现在处于前期策划筹备阶段，你帮我做一个全案的策划，这次不是义务劳动，费用不会少你的。”

我说：“这个项目我不能接，我做不了。全案的策划，我本身做的就少，而且最近公司里面很忙，经常加班，我没时间帮你写方案。”

他说：“那你帮我推荐一个朋友吧，你应该认识很多广告公司的策划吧。”

然后，我就把这个活儿介绍给了阿洛。我知道她明年计划去欧洲玩一趟，正在想办法接私活存钱。结果阿洛也回绝了这个事情。

我说：“为什么啊？你们公司不是经常做全案的，你应该没问题的啊？”

她说：“可是我自己独立做的全案少啊。最关键的是，全案根本不是一个人能做下来的，前期需要大量的调研和数据分析作为基础，核心概念出来后，延展具体的执行手段时，还要预先评估好不同手段在不同渠道的效果，没有一个团队就做全案简直是胡闹，除非那个人本身在广告圈的资历很深、策划方面很厉害。”

当然原因还不止这些。

阿洛说她只要多花点时间和精力，这笔钱也是能赚下来的，只是她这个策划案做得不好的话，以后再想从我这个朋友Andy这里接活就很难了，只赚到了一个案子的费用，却毁掉了一个潜在的大客户，这笔账不划算。

说完，她还给我抛了一个古灵精怪的媚眼，阿洛也是一块招牌，哈哈……

原来，她也知道了“招牌”的这个梗。

接着，她跟我说了另外一个故事。

她的朋友S，从广告公司跳出来以后去了甲方公司的市场部，今年S的公司要重点推一款新产品，打算拍一个产品宣传视频，在一些重要的渠道投放。当时S找了四家供应商，筛选下来，保留了其中报价比较实在、质量也相对靠谱的两家，打算让老大选。

可是，半路杀出来老大的一个朋友，在上海某个电视台工作的导演L，说他就是专业拍视频的，与其把这个活儿交给别人，不如交给他拍，而且他家一直在用S公司的产品，对产品本身的感知和理解力一定比外面那些从未合作过的影视公司要好。

为了拿到这个项目，L一再表示，虽然时间有点紧张，但是一定会拍好的。

最后，L拿到了这个项目。万万没想到的是，L拍的这个视频一塌糊涂，产品视频最终呈现的效果，与S所在公司的品牌和产品的协调性完全不一样。

S的老板说，这样的一个视频，完全不能用，他宁愿放弃，也不会投放市场的。

原先，L接下这个活儿的时候，就已经放出口风，说他这次拍得好的话，以后其他产品的宣传片也可以找他。可结果呢，大家都心知肚明，S的公司是再也不可能找他拍了，至少在他们公司，这个视频制作供应商算是被永久封杀了。

后来，S跟阿洛说，其实这个导演好歹也在这个圈子混了那么多年了，在国内也是拿过奖的，自己拍这么个作品出来，简直就是打脸。如果不是他徒有虚名，自己也就这个水平了，那就是他这次纯粹是为了赚钱，随便瞎拍拍应付了事。可不论他最初的动机是什么，都再也不会找他拍了。

市场上的任何一件商品，除去断货和限量版的情况，它都是有标价的，都是花了钱就能买到手的。但品牌不一样，一来，品牌的价值是难以估量的；二来，品牌并不是花钱就能买到的东西，如果品牌真的这么容易做，中国也不会花了那么多年的时间，还摘不掉一顶Made in China的帽子。

同样的道理，**你的薪水是有价的，但你在圈子里的名声却是无价的。**

在职场上，每一个人都是一个品牌，做好一块招牌很难，做坏一块招牌却很简单。永远不要为了眼前的一时利益，而毁了自己将随着时间不断增值的招牌。这一点，非常重要。

人的能量是守恒的，把精力放在值得的人和事情上

1

小初给我发了一封很长的邮件，跟我说，她最近很苦恼，感觉跟几个以前玩得很好的朋友渐行渐远，越来越没有共同语言了。

她是学画画的，明年想考中央美术学院，这是她的梦想。老师说过，她在美术方面有天分，水平过硬，艺考没有问题，唯一让人担心的是文化课，尤其是她的英语和数学，都很差。进入高三以后，她非常卖力地学习文化课，平时课间也不怎么出去玩了，爸妈还特地帮她找了一个“211”院校的本科在读生当家教，周末也不怎么出去玩了。

可就是因为这样，她以前一起学画画的那帮朋友都不太开心，说她不合群，都不怎么跟她们玩了，疏远她们了。还说，高考随便考考好了，当初之所以选择学艺术，不就是因为文化课差，现在也没什么好补的，不如好好玩。

她很难过，她心里是很在乎这些朋友的。但是，跟她们出去玩的话，她们讨论的无非是鹿晗又拍新电影了、Angelababy和黄晓明要结婚了、《小时代》要改编电视剧了，她自己也关注这些新闻，可总是讨论这些让她觉得很没意思。跟她们出去玩，都是因为怕她们不开心。

现在，她又要复习苦攻文化课，又要练画画，又要陪她们玩，精力根本跟不上，每天都好累，心也累。

我说："学习最好的状态是劳逸结合，如果你学累了，出去玩玩放松一下最好，但要是为了陪别人去玩而去玩，真的没有必要。至于你口中不想失去的那些朋友，我想她们未必是你真正的朋友，因为真正的朋友不会拖后腿，一定会希望对方好的。所以，你应该将精力放在学习和与真正朋友的结交上，而不是这样无意义地浪费。**有些人只能做一阵子的朋友，有些人却能做一辈子的朋友，你应该坚持和维护友谊的是那种一辈子的朋友。**"

我记得自己刚到上海的时候，除了我表姐和一个高中同学，谁也不认识。手机通讯录里存的电话号码，应该不超过50个，除了家人以外，都是以前的同学和朋友。

那个时候，我在上海没什么朋友，也没什么娱乐活动，一个人很孤单。于是，会有意识地去认识一些朋友，生活中的、工作上的，遇见了就算认识了，留下了联系方式就当成了朋友。有什么聚会和活动，一般有人约，都会去参加。

可是，渐渐地除了经济跟不上以外，更多的是精力的透支。

我太贪心了，如果不加班，周末两天的时间，我有好多好多事情想做：想在家里看一些广告相关的书籍，自学充电；想利用自己英语的优势去赚点外快，补贴生活；想把上海旅游景点清单上面的地方挨个跑一跑，欣赏一下繁华的大上海；想联络老同学、老朋友，跟他们打电话聊天交流近况；又想着跟上海这边的朋友出去玩，放松心情、顺便再认识一些新的朋友；我还想做点更有意义的事情，报名当上了美术馆的志愿者……

但是，周末两天一共只有48个小时，扣除吃饭、睡觉和交通往返的时间，真正可以利用的时间不会超过20个小时，我还想着做那么多事情？就算分配得当时间足够，我的精力也不够。

经历了看似忙碌充实，实际上却兵荒马乱、筋疲力尽的半年之后，我知道我的想法太天真了，虽然一个人通过训练能培养出多重任务处理能力，但是一段时间内，一个人的精力是有限的，只能专注在一部分人和一部分事情上，不可能专注所有在乎的人和事。

后来，我把精力集中在了“看书、学习、自我充电”“一个人看上海”和“结交少数聊得来的朋友”上，生活才变得充实又有意义起来。

2

有一天，在老板办公室开会，讨论新产品推广的问题，整体思路是先上京东、众筹积累人气做预热宣传，然后再在线上和线下做联合推广，全面铺开。在整体策略上，大家的意见都是一致的，但具体到用哪个概念上，我跟市场总监一直争执不下。

他说服不了我，我也说服不了他。最后，气急了的我当场说了几句不好听的话呛他。

老板看这形势不对，一时之间也讨论不出结果了，就打了几句圆场说散会，让其他人都先出办公室，把我单独留了下来。我知道他要给我上思想政治课了。

他说：“Summer，你今天的态度有问题。不管你们两个谁对谁错，讨论具体问题的时候都只应当就事论事，不应该带个人情绪的。一旦你带了个人情绪在里面，对的也有可能变成错的，况且现在讨论的问题又是没有定论的事情，你们都是在凭各自的经验和眼光判断，但你要知道，市场是瞬息万变的。”

我说：“我知道，有情绪是我不对。我现在要是对你说，我最后说的那几句话是没有经过大脑思考的，那我肯定是在撒谎。我当时有想到会是怎样的局面，就是一下子没忍住。可能，更为本质的原因，是我固执地认为，这一次我是对的。”

老板接着说：“你认为你自己对，这没有错。但是，你因为觉得自己说的是对的，就树立起对不同意见的排斥情绪，这就是错的。”

那天，他跟我讲了很多大道理，总结起来就是两点：

一、任何讨论都应当只就事论事，不应当掺杂个人情绪在里面，这是死理，没有例外。

二、一个人的能量是守恒的，精力是有限的，应当将精力放在应该专注的事情上。

而我不得不承认，老板说的这两点都是对的。

就像刚才开会，我因为觉得总监说的不对，因为固执地坚持自己是对的，就分散了精力用在对立情绪上，而没有将注意力完全放在对方说的话和观点上，这样是根本听不明白他到底在说些什么的，而我因此错过的内容恰恰可能是最为重要的内容，甚至是会扭转我的看法和局面的内容。

可见，一个人在做事情的时候专注于事情本身有多么重要。**只有你的精力足够专注，才能够客观地看待问题，才能把话听清楚、把事做明白。在职场上，坚持这一点尤为重要。**

如果我们因为觉得自己是对的，而错过了别人正确的观点，那是我们的损失；如果我们的眼睛只盯着别人的缺点，而错过了学习别人优点的机会，那也是我们的损失；如果我们只是傻站着、眼红别人的劳动成果，而分散掉原本应该专注做好自己手头上事情的精力，那是更大的损失。

所以，专注才是王道，专注地做事情才是王道。

人生走到了一定的阶段，就是要加法、减法同时做，不断地吸收好的东西，认识好的朋友，不断地排除坏的东西，远离不好的朋友，只有这样，人生才能进入一种良性的循环，你的生命才会绽放出更多的精彩。

别动不动就怪父母，

他们不欠你的

1

那天欧辰组局，一帮人浩浩荡荡地去云南南路吃海鲜。

菜还没上齐，同行的一个男生就已经猛灌了五六瓶酒，看样子，是故意来买醉的。

他越喝越多，到后来脸憋得通红，嘴巴反倒利索起来，开始在那边不停地唠叨：“这事儿不怪蔓蔓，怪我们家穷，怪我爸妈也拿不出钱赞助我们换大房子。要是我爸妈年轻的时候多奋斗一把，多攒点钱，当年买了大房子，现在也不会这样了。爸妈没本事，我也没本事，我算什么男人……蔓蔓，你别走，别走……”

我坐在他对面，看他那个样子，一肚子的不愉快，吃到一半的时候，假装接了个电话，跟欧辰说有点事情，要先走。

他追出来，说：“什么情况啊，你——”

我说：“我是来吃饭的，没兴趣听你朋友念经，你知道我最烦大男人抱怨的。你怎么有这种朋友啊，你不觉得他这样很屃吗？”

欧辰被我几句话呛得有点尴尬，忙说：“他这不是情况特殊吗，都快结婚了，新娘子因为嫌弃房子小，悔婚了，这搁谁谁受得了啊。心里肯定不痛快，做兄弟的能扔下他不管吗，再说他平时不这样的……”

我看他认真的样子，忽然有点过意不去：“我知道他现在需要释放情绪，但你知道我今天加了一晚上班，就想着舒心地吃一顿饭回家睡觉呢。再听他念下去，我怕关在我心底的小恶魔会跳出来，拼命挤对他，所以，为了避免战争，我还是先走比较好。”

2

8月底，无意间在微博上看到了一则让人很心酸的新闻：“安徽六安一个高二的男生，在抽屉里留了一个类似遗书的字条后，就离家出走了。”

字条上写着：“我死后，请不要再去烦其他人了，我的死只和我个人有关……下辈子不做穷人家的孩子。”

他走的时候，没有带手机，也没有带钱包。父母知道后，心急如焚。七天后，他的爸妈在合肥肥西县找到了瘦弱憔悴的儿子。

后来特地去搜了更为详细的版本，发现《新安晚报》上说，在抽屉里还有另一张字条："亲爱的爸爸妈妈，我实在忍受不了了，也实在不想多说，这个世界太累了，而我又是个弱者。我走了，不用找了，七天，就七天，我便可以脱离了。"

男孩在一个既不富裕也不穷困的普通家庭，父母常年在外地打工，因为怕孩子乱花钱，一般都是每次打款两百，等钱花完了再给他打。

从男孩宁可离家出走，甚至想用死亡来解决问题，也不跟父母沟通自己缺钱的状况来看，他还是能体谅父母的辛苦之处的。只是，可能经济上的不宽裕，导致他遭受了很多尴尬和委屈，加上高中读书压力大，才一时想不开。

他还小，心智还不够健全，承受能力也极为有限，觉得父母给不了自己想要的条件，自己又无力改变，所以，采取了一种极端的逃避方式解决问题。

可能，对于每一个出身于普通家庭的孩子来说，都曾经在亲历贫穷、富有带来的巨大的落差感的时候，心生怨念，觉得父母没本事，觉得他们给的不够多。

然而，**贫穷还不是最可怕的事情，最可怕的是，因为贫穷丧失了对生活的信心，因为贫穷，觉得眼前的困境就是绝境，怪不到别人的**

时候，只能迁怒于父母。

可是，当我们这样想的时候，有没有想过我们眼中没有本事又没钱的父母，他们过的是什么样的生活？他们一直在为了我们努力啊。他们尽可能地在自己身上节省开支，只为了存下更多的钱，供我们读书和生活。他们背负着巨大的经济压力，一直咬着牙，那么用力地生活。

3

今年7月，柚离到上海考德福。招待她在来福士吃完饭，我们一路步行去外滩。

穿过熙熙攘攘的人流，终于走到了外滩，我们两个站在黄浦江边，吹着晚风，倚着栏杆，望着对岸的上海三大“神器”——上海环球金融中心、金茂大厦和上海中心大厦周边的灯火辉煌，聊起了大学生活，一时间无限感慨。

柚离是我们那一届德语系的才女，大二时秦歌、阿星和她说好了，毕业后一起去德国留学。结果三个人里，就只有秦歌一人顺利成行。

阿星中途因为一些原因放弃了，柚离因为家里的状况几番周折，还是没去成。留学条件不成熟，只能另辟蹊径，她毕业时报名参加了学校的西部援建项目，到四川的一个小县城当了一年村官，第二年回到浙江，做了编外公务员。这么迂回，是因为公务员的工作时间相对宽松，她能把剩下的时间用来打工攒钱和备战德福。

我转过身，背靠着栏杆，说了一句："离，你有时候会不会觉得累，只是想出趟国读书，结果却走得这么艰难……"

她露出一个很有内容的微笑，说："会啊，偶尔会很羡慕秦歌，会想，如果我也是个白富美，出国留学就会变得简单很多，但这个是我的梦想啊，不能让我妈跟在我后面埋单。"

她又说："我从来没想过留了学就一定能怎样，也没有想过以此为跳板留在国外定居，只是学外语的人，没有出过国的话，始终是个遗憾。我只想着，等读完书回来了，在国内找一所大学当老师，平时教教书、拍拍照，带上我妈一起过安定的生活，这样就够了。你一定能明白的。你呢，还想去英国吗？"

我说："我怎么会不明白呢。当然想啊，等钱存够了就去，你知道的，我的工资也就那么多，而且我花钱一向大手大脚的，身上一直没余钱，以后得省着点花了。大学的时候，私下里，有一段时间我还很羡慕你呢，羡慕你人好看，又聪明，会写文章，会摄影，家里条件也好……"

她说："你不说，我都忘记了，刚开始你们都以为我家条件挺好的，结果后来看我一直拿国家励志奖学金，才知道我的身世完全是另外一番光景。再后来，大家感情变得很好，我才向你们坦白，我是单亲家庭，爸爸在我很小的时候就去世了，学费是老家的有钱人资助的，每年的生活费都是靠奖学金和打工撑着。”

我说：“是啊，那以后，羡慕就变成了佩服。我到现在还记得你说过的那句话，‘先天不足，后天恶补’。”

如果一生下来各方面条件都很优越，那是运气。如果各方面条件都很普通，甚至是有点糟糕，这就是生活。

“先天不足，后天恶补”，这八个字勾起了离的很多回忆。

她说：“夏，你知道吗？去年遇到了一件事情，对我打击很大。家里有个远房表弟，说是问我借钱换手机，我就给他打了三千，可是过了他说还钱的期限两个多月了，一点消息都没有，打他电话成了空号。三千元，不算多，也不算少，我现在的情况是能多存一点算一点，想了好久，才鼓足了勇气给姨夫打电话，问能不能还钱，你猜他说什么，他说：‘有人养、没人教的，谁问你借的钱你问谁要去，打到家里干什么，你要是没规矩就让你爸从坟里面跳出来教教你！’然后，啪——电话挂断了。人生第一次，我有一种想死的心情，当时我两只手紧紧握着手机，蹲在地上哭，哭到喉咙都发不出声音了，才迈着沉重的步伐，往家里走。我只是穷而已，为什么还要受这种屈辱？可是，我又是没有立场怪任何人，没有资格怪任何人的，我妈为了我，一把年纪了还在外面打工，我只能靠自己，我也应该靠自己。第二天，还不是没事人一样地去上班。”

当时，我真的好心疼离，一把拉住了她的手，想要用手心里的温度温暖她。

等她平静下来的时候，我很无厘头地说了一句：“你知道我为什么讨厌粉红色吗？”

在我很小的时候，大概六七岁吧，那一年我爸跟人合伙做生意，被人设局骗了，亏了很多钱，家里一下子从富裕坠入了困窘，日子过得紧巴巴起来。

过生日那天，我在商场里面看中了一条粉红色的公主裙，真的好好看、好喜欢。

在家里跟我妈磨了一个多星期，她就是不给我买，我不明白，以前礼物都是由着我挑的啊。有一天，我妈顶着一个很丑的发型回来了，手里拿着我喜欢的那条裙子，她把养了很多年、又黑又有光泽的长发剪掉了，就为了换钱给我买那条裙子。

之后，她每次梳头都会站在镜子前好久、好久。

而我使尽了小性子换来的公主裙，只穿了几次，就打死不肯穿了。小小年纪的我，已经知道了什么叫自私、什么叫罪恶感。所以，粉红色是全世界我最讨厌的颜色，没有之一。

4

有时，经常熬夜、加班，工作很疲惫，累了一天躺在床上的时候，脑子里也会想不劳而获的幸福生活，也会想，为什么没有有钱有势的爸妈，也许这样自己的生活就会容易很多。但是每一次，这种想法冒出来，我就立刻用拳头狠狠地敲自己的脑袋，怎么能有这种想法，太可耻了，这种想法真的太可耻了。

想起有一次难过得要死，哭着给好朋友阿飞打电话倾诉。

末了，她的一句话，让我的世界都变明朗了，她说："换一个角度思考，人生这么长，要是所有的东西都得到得太容易了，会不会很无趣？"

当我们因为遭遇了一些挫折和困顿，就想着责怪父母的时候，是不是忘记了，父母已经给了我们两样全世界最最宝贵的东西，一样是生命，一样是接受教育的机会。这就是我们改变生活和命运的资本。他们已经尽了力，给了我们最好的东西，他们并不欠我们的。

在人生这场游戏里，父母给了我们闯关、升级和打BOSS的基础武器，至于，我们最终能达到什么级别，就看各自的能力和造化了。

那些你羡慕的、你没有的、你想要的东西，那些漂亮的衣服、昂贵的化妆品、流行的电子产品、新奇的旅行体验，等等，通通自己想办法、赚钱去换。

别抱怨，因为抱怨解决不了任何问题，还会一不小心戳到父母的痛处。别自卑，你没什么好自卑的，那些比你过得好的人有很多不过是"投胎技术"好而已，不算真本事。别低头，尊严会掉下来，人可以穷，但是不能没骨气。

以后的人生路，是粗茶淡饭，还是大鱼大肉，是一贫如洗，还是荣华富贵，都是我们自己选择的结果，都是我们应得的。记住，他们不欠我们的。对于父母，我们应该怀抱的是感恩，而不是怨念。

当然，那种生而不养、养而不教、不管孩子死活的奇葩父母，不在此文讨论的范畴。

我在后台碰到了韩寒，然后你猜

1

Jason是我之前所在广告公司的项目经理，专长是项目统筹和Video（视频、影像）制作。

今年3月，他找到我，让我帮他弄一个文化创意广场的宣传片字幕翻译。弄完以后，客户那边反馈很好，作为答谢，他请我吃日料，顺便把费用结算给我。

那天我们到得都比较早，“花隐”里面还没什么人，挑了靠窗的清静座位，边吃边聊。

Jason若有所思了一会儿，突然说："Summer，我给你一个建议，你可以选择听或者不听。你现在可以尝试着去接触一些比较高端的圈子，试着把不同圈子的资源进行对接，把这些关系、资源变成你自己的。这也许会对你将来的职场发展有很大的帮助。"

他说："人脉和资源，是你进入社会以后不得不面对的问题，早觉悟，早积累。"

我说："其实很早以前，就有人提点过我这一点了，但很可惜，我在这方面好像一直没有什么觉悟。一方面，我很认同你的观点，人在江湖，多个朋友多一条路；但另一方面，我又觉得人脉这种东西，属于稀缺资源，供小于求，不是一个人想积累就能积累到的。"

成年人的世界里，大部分时候都是理智胜于情感的，他们讲究的不是情感交流、互动，而是资源交换、利益共享。当一个人只是个平凡人，没有任何拿得出手的能力与标签的时候，盲目地混圈子、抱大腿，并不是明智之举，因为在那些金字塔顶端的人眼里，你不过是个跳梁小丑，他们给不给你想要的东西，完全是看心情。而我没那么想要那些资源，更加不想当个小丑。

听了我的话，他补充了一句："不是说让你现在就立刻去做，而是让你有这个意识。如果有这样的机会，不要忘记把握。有人的地方，就有江湖，有江湖的地方就会有血雨腥风，你避不开的。手里多一个筹码，并不是坏事。"

他的意思我懂，很多东西，你不一定会用，但你手里一定要有，以备不时之需。他是好意，我知道，可眼前的我还做不到，对眼前的我来说，积累人脉还是一件有点遥远的事情。

2

我有一个朋友F，非常喜欢韩寒，从中学时代起就开始读他的书，最早看的一本是《三重门》，最后一本看的是《1988：我想和这个世界谈谈》。

但他从来不追星，自然也没有追过韩寒。

另外一个朋友W在公关公司工作，今年他们接了一个品牌的发布会，韩寒是首席受邀嘉宾。我跟F讲，如果你想见韩寒的话，我可以让W帮你安排，你可以在发布会开场前进入后台，找韩寒签名和合影，近距离接触从小到大的偶像。

可他竟然对我说，他不去，没意义。

我很奇怪，追问为什么。

他说，即使他通过我的关系，进到了后台，见到了韩寒，也大概只会出现两种情况：

一种是，韩寒被经纪人和助理保护得密不透风，他根本就接触不到他；另外一种情况是，韩寒很亲切，给他签了名，也笑着与他合影。但然后呢？他拿到了偶像的签名，拿到了偶像的合影，兴高采烈地发微博和朋友圈，告诉别人今天终于见到韩寒本人了？

可这样做又有什么意义呢？他依然只是“知道”韩寒这个人，而不是真的“认识”韩寒这个人。在他的心里，“知道”一个人和“认识”一个人是完全不同的定义，“知道”可以是没有任何指向性的，但“认识”应当是一个双向的过程，我知道你，你也知道我，这样才算是真的“认识”。今天，就算他就站在韩寒旁边，就算他们之间只有几公分的距离，但对他而言，韩寒依然离他很遥远，是这么近、那么远的那一种遥远。

所以，与其挖空心思地接触那些对我们而言遥不可及的偶像，倒不如省下时间和精力用来提升自己。他所希望的是，将来的某天，热爱文字一直在网上写东西的他也出书了，有机会以一个“作者”的身份与韩寒出现在同一个场合，到那个时候，他就可以很自然地走过去，不卑不亢地介绍一句：“韩寒，你好，我是F，我很喜欢你的书……”

偶像存在的意义应该是让我们变得更好吧，更努力地向他们靠近吧。

比如，一个人崇拜马云、任正非、雷军这类人，很可能是单纯地仰慕这些商业巨头，但更多时候，应该是心里也有一个创业梦，也希望自己可以通过努力和奋斗，有朝一日赢得属于自己的一片天下。那些追星的人，喜欢颜值高的明星的人，如果不是被他们的成名事迹和风格吸引，多半是心里也有一个努力变漂亮、变帅气的愿望吧。

听到F跟我讲上面那段话的时候，我很震撼，有那么一瞬间，1.72米的他在我心里有1.85米那么高。

这个世界上的每一个圈子，不管是有权的、有钱的、有名誉地位的，都是极其狭窄的。就像是这世界上的路，看似条条大路通罗马，可只有真的走过的人才会知道，阳关大道就只有那么几条，大部分人都只能走羊肠小道。**每一个人在最开始都觉得自己是最幸运、最有天分的那一个，是最值得拥有一切美好事物的那一个，直到现实甩了他几个冰冷的耳光，生活的底色变成灰白，才肯磨掉那许多不合时宜的心高气傲。**

圈子又与围城不一样，围城从来都是城里的人想出去，城外的人想进来。而圈子一直是，外面的人挤破了脑袋想进去，里面的人一边乐在其中，一边加固城防，协力排外。一般的人，根本都进不去，除非你拥有了跟他们一样的特质，成为了跟他们一样的人。否则，就算借助了某个特殊的契机进入到了你想进入的圈子，对圈子里的人而言，你依然只是个冒失的“入侵者”，得不到任何应有的认可和尊重。

结果往往是，你想跟人家玩，但人家根本不理睬你。

不是说圈子不同的人，就一定不能成为朋友，只是这样的概率比较小。如果有两个人，双方所处的圈子截然不同，但他们能愉快地对话聊天和玩耍，那么他们之间一定有某种对等的东西进行衔接，比如修养、学识、价值观等。

2013年，马云和周星驰的跨界对话，就是一个很好的例子。

3

5月的某一天，我的手机被微信群信息刷屏了。

拿出来一看，原来大学校友群里加进了一个高我们很多届的学长Y。Y是浙江宁波人，现在是一家集团公司的董事长，身价大概数十亿，他最早是做餐饮生意起家的，现在开始进军办公地产和汽车售后市场。学长一进群，群里就炸开了锅，各种热烈欢迎、求抱大腿。他也象征性地传授了一些成功经验，并在群里发了他们集团的招聘启事。

看到了他的名字，我就顺手百度了他的集团公司和个人履历，这一看，确实厉害，算是校友会中很厉害的人物了。他的微信头像近在咫尺，但我没有利用这个机会加他的好友。

我很清楚，人家事业有成、高高在上，像我们这种初出茅庐的无名小卒，就算是发了好友邀请，他也未必通过。

出人意料的是，之后的某一天，他居然加我好友了，还主动在微信上与我聊天，言谈之中才知道，他听另外一个校友说我以前是做广告的，刚好他要做一个全新的项目，想让我帮他看一下第一期的宣传文案，提点意见。

那天，我刚好在公司加班，于是答应了第二天帮他弄。

当我把改好的文案发给学长后，他没有跟我具体沟通文案的内容，反倒是聊起了别的。

他说：“前面招了个总助，偏向生活秘书、日程安排，在公司管理上弱了，就把人给开了，现在要重新招人。”

我很纳闷，他为什么突然说起了这个，我也没有合适的人可以推荐啊，只好接道：“估计你那边需要的是各方面都比较强的管理型人才吧，毕竟秘书跟助理，还是不一样的。这种人既要能力强，又要适应你的企业文化氛围和处事习惯，估计一时之间是很难找到合适的。”

他说：“是。关键在于，企业管理的基本知识和理念要掌握，会动脑筋，有事业心和学习精神，不懂的地方倒是可以学，企业也愿意培养。”

“对的，学长你说得很有道理。”

对话到这里，我仍然觉得哪里怪怪的，直到他说了后面一段话，我才恍然大悟。

“群里面有些人太现实了，想要什么了就马上联系，满足不了，就爱答不理的。你与企业家这样含金量高的阶层打交道，抱着这样的心态，一辈子都难以成功。”

我终于明白了，敢情他是被太多人抱大腿了，心情不太愉快，到我这里吐槽来了。难怪！

为了不扫他的兴，我接住话茬，很诚恳地说：“其实，我也不喜欢太功利的人。再说了，能够在事业上做到一定高度的人，必然是聪明、睿智和阅历深广的人，别人的那些小心思，他们怎么会看不穿。这样挺没意思的。像我们这种小虾米，做好自己就行了，大佬都是用来仰望的。”

“大佬是用来学习的，心情低落时用来激励的。”末了，学长还补了一刀。

可以说，与这个学长这段对话从某种程度上印证了我的想法，抱大腿其实是一件特别招人烦的事情。极具讽刺意味的是，那些身处高位和金字塔顶端上流社会的有钱人和有权人，喜欢被世人歌颂和仰望，享受这种万众瞩目的感觉，却又看不起歌颂和仰望他们的世人。

所以，干吗要用热脸贴冷屁股呢？安静地做自己，不是很好？就算只是一只小虾米，它也想要只属于它的鱼塘，对吗？所以，你是什么样的人，比你遇见什么样的人重要得多。

别人再厉害，是别人的本事，与我们一点关系都没有，就算蚂蚁抱上了大象腿，蚂蚁也还是蚂蚁。与其临渊羡鱼，不如退而结网；与其艳羡那个人，不如成为那个人；与其成为那个人，不如成为一个更好的自己。

别说你没背景，

自己就是最好的背景

1

2012年夏天，我本科毕业。当我告诉室友自己打算离开宁波，一个人单枪匹马地闯大上海时，她们都吓了一跳。我知道，她们不放心我。

她们不放心我，是因为大学四年有一半的时间里，我是那个让人操心的傻姑娘。她们不放心我，是因为她们知道我在上海几乎是举目无亲，没有什么认识的人，更没有什么可以依靠的资源，怕我一时之间找不到合适的工作，怕我连个落脚的地方都没有。

我在宿舍翻箱倒柜地打包行李时，秦歌曾很认真地问我：“你真的要去上海？想清楚了？”

正在看书的微微，也从床上伸出一个脑袋，说：“听说上海人很排斥外地人的，你在那边也没什么背景，你一个人不害怕吗？万一别人欺负你怎么办？”

另外几个人没说话，只是很关切地望着我。

我回望她们，笑着说：“我不怕。我想好了，我要去上海工作，我想进广告公司。至于排外，别说上海，全世界都是排斥外地人的，只是每个地方程度不同而已，没什么大不了的。”

当时，我一心想进广告圈，一心想去做策划，觉得那才是我喜欢和擅长的事情，于是我在北京、上海、广州和香港四个地方，选择了广告行业发达和经济腹地宽广的上海。为了实现这个目标，我事先做了一番客观的自我评估。

N大在浙江也算是有名的高校，自己当年也是高分考进去的。

可是，我的履历在名校云集的上海，根本不值得一提，在人才市场上也很难拔尖。况且，我又只是一个英语专业的毕业生，没有一点广告的专业背景，想进广告公司，想做广告人，想与广告和营销专业的科班毕业生抢饭碗，哪有那么简单？换言之，我有了一个好的目标，却没有匹配这个目标的履历背景，怎么办？

没有背景，我自己就是最好的背景；没有背景，我可以“制造”一点背景出来。

那时我对策划的理解很简单，广告策划就是服务于某一特定商业目的的出谋划策，所以做策划的人，至少应该具备两个方面的能力：一、擅长思考和组织策划活动，要有想法、脑子转得快、组织协调能力强；二、文字功底要强，最好是能轻松地驾驭不同的文体。一旦我的履历里面具备了这两个方面的特质，必然能引起广告公司HR的注意。

针对第一点，我将大学里所有组织、策划过的活动全部罗列在了一张A4纸上，最后挑选了几条比较出彩的写在了简历上，组织策划联谊晚会、建设志愿者基地和KAB创业企划。针对第二点，我把几次征文比赛获得的奖项和发表过的文章写在了履历上，甚至还附了一些以往的随笔。

这些筛选出来的履历是当时资历浅薄的我能找到的进入广告圈的最好筹码了，一来，它们是真实的、有据可查；二来，它们能帮我佐证，自己具备从事广告策划的特质。

当然，为了保险起见，我把所有的英语证书都写上了专八、专四、中口、托业和六级。

而我的这些“背景”也如我所料地起到了作用。第一轮的“简历关”很顺利，第二轮的“面试关”也很顺利，我很快地收到了几家广告公司的Offer，最后选了其中一家去报到。

有个学妹，明年毕业，她是学艺术的，想以后进广告公司工作，可是自己对广告圈并不了解，没有这方面的背景，问我怎么办。

我说很简单，不了解就去了解，不是广告专业出身也没有关系，只要你具备从事广告这个行业的特质，并且能在求职和面试的时候把与这些特质挂钩的“背景”强调一下，让HR注意到，那你就已经成功了一半。

其实，这一点适用于每一个找工作的人。不管你想进入的是什么样的行业，不管你想从事的是什么样的工作，不管你是想当文案、策划、销售、HR，还是程序员，你只要在你的简历上、在面试的过程中，突出与应聘职位匹配度最高的那几个特质，顺带表明自己愿意学习、凡事能快速上手，再委婉地夸一下自己的综合素质很高，基本上就差不多了。如果能做到这些，其实工作真的挺好找的。

当然，有一个很重要的“前提”，你制造出来的这些“背景”不能含有水分，如果有水分，一定要在初入职场的那段时间里补差补缺，想办法把水分蒸发掉，这是补救的措施，但我希望你最好用不上这条。

因为每一个行业的圈子都是很小的，你在职场上的名声很重要。

2

William以前是在广告公司当项目经理的，今年5月辞了职，跟我说不想做广告了，打算找一个师傅带自己入行，转战影视圈，当制片人。

我问他：“那你找到那个前辈了吗？”

他说："找到了啊。是我一个好朋友的朋友，在一次派对上认识的。国内有名的一个导演，人脉很广，很吃得开。"

我说："那你打算怎么让他带你呢？有名的导演很少收徒弟，况且你还是个门外汉。"

他说："我都想好了，其实我不能算是个门外汉，我还是有这方面背景的。你看，我以前在广告公司做项目经理，主要工作是统筹和执行项目，前期筹备、现场执行和善后工作全是我在处理的。而在影视圈，制片人前期要做剧本统筹、组建摄制组，找演员、找器材、核算拍摄成本，后面就是执行拍摄、后期制作和协助发行。这样看来，其实制片人跟项目经理的职责是一样的，如果把电影比作一个项目的话，制片人就相当于电影这个项目的项目经理。而且，你忘了，我在广告公司也拍过视频，跟过片子啊。"

我这才反应过来："对哦，这样看来，你已经算是入过行了。"

William的话让我明白了一个道理：

背景不仅是可以"制造"的，还是可以"平移"的。制造背景能帮你清除门槛障碍，快速地进入一个行业，适用于每一个求职的人。而平移背景，能帮你顺利地进入一个全新的领域，更适用于跨界转行的人。

后来，广告公司项目经理的优势也真的帮到了他。那个导演刚好在拍一部新的片子，需要人手，就让William跟组学习了，先试用3个月，如果表现好的话，以后就能跟着这个导演做制片了。

金融圈里有一个流传很久的经典故事，叫作《怎样当上世界银行行长和比尔·盖茨的女婿》。

一位优秀的商人杰克，有一天告诉他的儿子：

杰克：我帮你选好了一个女孩子，我要你娶她。

儿子：我要娶谁，我会自己决定。

杰克：可我说的这个女孩，不是别人，她可是比尔·盖茨的女儿！

儿子：啊——比尔·盖茨的女儿，那这样的话……

在后来的一次聚会中，杰克走向比尔·盖茨。

杰克：我来帮你女儿介绍个好丈夫。

比尔：我女儿还没想嫁人呢！

杰克：但我说的这年轻人，可是世界银行的副总裁！

比尔：哦……

再后来，杰克去见世界银行的总裁。

杰克：我想推荐一位年轻人来当贵行的副总裁。

总裁：我们已经有很多位副总裁了，不需要了。

杰克：可我说的这个年轻人，可是比尔·盖茨的女婿。

总裁：这样啊！

最后，杰克的儿子娶了比尔·盖茨的女儿，又当上世界银行的副总裁……

有人点评说，这才是真正的资本运作。故事里的商人老爸发挥自己卓越的口才和超常的资源嫁接能力，把原本没有任何背景的儿子一下子推向了世界银行行长和比尔·盖茨女婿的位置。**可见，对于真正的高手来说，没有背景和最好的背景之间只是一线之差，只差一个杠杆的距离。**

所以，**当你真的很想做一件事情的时候，不要害怕没有背景，因为你就是最好的背景。别忘了，背景是可以制造、平移和嫁接的，你过去的履历、阅历、经验等，都会是最好的背景。**

Chapter 03

你不是没的选，你只是不想选而已

我们生活的这个世界，有太多的人，对自己的现状不满，把难堪或窘迫的处境说成是现实强加，生活所迫。将将就就，犹犹豫豫，前怕狼后怕虎，不满现状，又不愿意改变。兜兜转转，过了一生。但你真的是没的选吗？你只是不想选而已！

认为自己牛逼，

还不是因为格局不够大

1

Crystal在上海广告圈一家做线下Event（项目）颇有些名气的公司上班。今年7月，Crystal所在的广告公司，接了一个某全球500强品牌新品发布会的活儿，因为英语很好，她被派去机场给该品牌的VP（Vice President，副总裁）接机，并全程为他服务。

活动前一天，她打电话向我求救："Summer，明天上午我就要去给S品牌的VP接机了，我有点紧张怎么办？你知道的，我虽然英语还不错，但这半年都没怎么用过，心里有点没底啊。"

我说："你怕什么啊，VP又不会吃了你。你记清楚活动的所有流程和细节，按部就班地操作就好。然后根据活动涉及的场景，温习下英语对话。一定要提前把活动流程表下载到手机里，再装一个英语词典的APP（手机应用），应该就可以了。"

她说："嗯，你说的这些我都有操作。按我的能力应该没有什么问题的，就是第一次接触老大，有点紧张。"

忽然想调戏她一下，我说："Take it easy，you can do it. Baby."

我的调侃，换来了她很自信的回答："Of course. 明天结束了，跟你汇报工作成果。"

"嗯。"

第二天的活动一直到晚上八点多才结束，我们约了在人民广场附近一起吃饭。一坐下，点好菜，Crystal就滔滔不绝起来。

她说500强的VP果然不一样，西装笔挺，气度非凡啊。

这次活动分线上和线下两部分，线上的媒体宣传推广部分是由一家有名的4A公关公司负责的，线下的具体活动执行是由她们公司负责的。那个4A的公关经理Amanda，就两个字形容——牛逼，那个才是真正的"白骨精"。人长得漂亮，妆容也十分精致，举手投足之间散发的是妩媚动人和雷厉风行的混合气质。中间有一家不识相的媒体，问了一个很尴尬的问题，被她十分巧妙地挡过去了。

后来，发布会现场又出了些其他的突发状态，她都很轻松地搞定了。

本来，我还担心现场出什么幺蛾子把活动搞砸了，结果她在那边我感觉我完全插不上手啊。而且她好像特别会讲话，一句话能说得滴水不漏，把VP和现场的媒体都哄得很开心。你说，得在这个圈子修炼多久才能达到她那个水平啊？简直就是钻石级"白骨精"啊！

我说："一般来说也要三五年吧，当然，天资聪颖、领悟力强的话，可能会非常快。"

听完我的话，Crystal放下筷子，很认真地说："以前总觉得自己在这个圈子也混了两年了，情商很高，能力也很强，有时不免飘飘然起来。每次看到那些不会做事情的人都忍不住跳起来吐槽、发飙，现在看来，是我格局还不够大啊，毕竟，山外有山，人外有人。"

她说，以后她得加把劲，好好地混广告圈了。

2

想起去年冬天在北京参加一个饭局，席间认识了M姐。饭后，听他们说各种大牛的故事。其中，M姐说的那个故事我更感兴趣一些。

M姐是哈佛毕业的，后来一直混金融圈。有一年，她们那届同学聚会的地点定在了香港的一家酒店里，到场的除了哈佛的同学之外，还有不少是香港金融圈里的牛人。

很多时候，上流社会的酒会就是一场华丽的假面舞会，不管每个人表现出来的姿态如何，本质上都是为了进行资源交换和利益争夺。不管站在宴会厅的哪个角落里，每一个举着酒杯的人都各怀心思，打着自己的如意算盘。

突然，宴会厅的大门开了，香港首富李嘉诚到场了。

一般来说，有钱人，尤其是特别有钱的那一种，气息里面都带着一种侵略性，英语里面有一个很到位的形容词叫——Aggressive（气盛）。那天，有很多人是第一次见到李嘉诚本人。

出乎他们意料的是，眼前的这个首富散发出来的是一种平和的气息、谦逊的姿态，环视现场时，对在场的每一个人都报以很礼貌的微笑。有晚辈冒昧地走上前自我介绍时，他的态度也很友好，非常耐心地听对方讲话，偶尔还会表示鼓励似的点一下头。

诸如此类的细节，还有很多。

一直在暗中观察的M姐，发现这些以后，对这个一直是香港传说的牛人肃然起敬。

她说，其实人是一个容器，满罐子不响，半罐子咣当。因为工作的缘故，她接触过很多各行各业的大佬，与想象中不同的是，很多人都是见面不如闻名、名不副实，让她大失所望。像李嘉诚这样闻名不如见面，见面以后让人更觉厉害、心悦诚服的人只是极少数。

她说，很多年前偶然见到的澳门赌王何鸿燊也是，虽然他只是坐在轮椅上，几乎没有说过话，但也无法掩盖那种不怒自威、无与伦比的气势。

所以**真正厉害的人，不是那些自以为很牛、常常吹嘘自己很牛，每一次出现在大家面前，身上的每一个细胞都在反复强调自己很牛的人，而是那些明明很牛，却一点不以为然，不声不响，不显山露水，却气质非凡、气场慑人的人**。

等下一次，取得了一点成功、拥有了一些成就，不自觉飘飘然、尾巴翘上天的时候，也正是我们该唤醒身体里的理智、狠狠地敲打自己脑袋的时候。

因为，真正牛的人，从来不觉得自己有多牛。

你不是没的选，你只是不想选而已

1

一个周五的晚上，下班后闲着无聊，我一个人跑去逛上海书城，想看看最近有什么好书，打算挑几本回来打发时间。

正当我拿起了刘同新出的《你的孤独，虽败犹荣》，盯着清新的淡蓝色封面默读起来时，一个不速之客打断了我。

他说：“美女，你对日语感兴趣吗，要不要了解一下××日语？”

我连头都不想抬，“不好意思，我对日语不感兴趣，也不想学日语。”

他接着说："那你有没有想过去日本留学，旅游购物什么的？如果你有这样的规划，不妨先尝试下我们的日语体验课程，免费的哦。"

我说："谢谢你的建议。第一，我是不会去日本留学的，我是学英语的，要留学也会选择欧美国家；第二，就算是旅游和购物，我也不想选日本，我没兴趣刺激日本的经济增长，谢谢你。"

小哥大概是被我这样官方的回答和义正词严的态度吓到了，语气立刻变得松软起来，"美女，我没想到你这么爱国啊，唉，其实我也不喜欢日本，我也不喜欢站在街头到处拉人，我很不喜欢这份工作，可是没办法啊，这是工作，你就帮帮忙，给我留个电话号码吧？"

没想到自己略带激愤和不耐烦的回答，引发了眼前这个陌生人的感慨抒情，仰起脸看着他，说："真的不用了，谢谢，如果我留了电话号码肯定是骚扰不断，我不想出卖自己的个人信息。不如，你换个目标人选吧？与其在我这样顽固的人身上浪费时间，不如去转攻对日语真的感兴趣的潜在消费群体。"

小哥不依不饶："你放心吧，我们不会骚扰你的，最多也就是给你打一个电话跟你预约下体验课程的时间什么的。你看，我今天的任务还没有完成，你就帮我填下个人信息，应付下差事，完成指标我就能下班了。"说完便把客户信息收集表递给我看。

我忽然有点不忍心，小哥也确实不容易，为了避免他继续破坏我淘书的兴致，只好妥协，"你拿来，我填一下吧。"小哥看我同意了，忙不迭地说："谢谢，谢谢，美女你真是太通情达理了！"

2

小哥终于走了，他说了那么多话，我只记下了一句："我很不喜欢这份工作，可是没办法……"

从他的表情和反应可以看出来，他是真的很不喜欢自己的工作，只是勉强自己接受这么一份工作。所以，这是生活强加给他的，而他没的选择？

可是，我特别想反问一句：**"如果真的很不喜欢自己的工作，那为什么不换一份呢？"**

我经常听到有人说不喜欢自己的工作，可是也没办法。

他们做着自己并不喜欢的工作，每天只是按部就班地混日子，经常掰着手指头数，什么时候放假，什么时候发工资，庆幸着终于又混过去一个月了，又烦恼着下个月又是新的一月，却重复着旧的轨迹。

还有一些人，谈着将就的恋爱，甚至筹备着将就的婚姻。他们大多数人的对象是亲戚朋友介绍的，他们大部分人的爱情和婚姻，是到了适婚年龄对家人亲戚威逼利诱和社会舆论压力的一种妥协。明明没有那么喜欢，明明与爱情无关，两个人却迫于脸皮和情感，生硬地绑在一起。

他们对自己现在的生活，并不满意，大部分时候像是沉寂的火山，安静地存在着，间或爆发，怒骂造化弄人，命运不公。

可一切真的是无法改变、没的选择吗？

阿乐是我的高中同学，专科毕业后进了一家房产公司做销售，销售类的工作基本工资都不高，主要是靠拿提成，如果没有业绩，每个月的工资少得可怜。刚开始，每个月都过得紧巴巴的，住在10人合租的上下铺房子里，所有的个人空间只在那狭窄的床位上，房间里长年弥漫着烟味、臭袜子和啤酒混合的腐烂味道。

偶尔，女朋友过去看他，连个落脚的地方都没有。

但是，他不相信自己只能过这样的生活，每天拼命地工作、谈客户，半年后，他开始熟悉这个行业的游戏规则，业务能力迅速提升，好的时候一个月已经能赚五六千，最好的时候可以拿到一万多，他换了更好的房子，还给女朋友换了新款的iPhone。

工作到第二年年底时，他突然辞职了。

我很意外，问他为什么，他说虽然自己现在做房产中介这一行已经驾轻就熟了，可这并不是他喜欢的工作，销售的工作是完全没有个人生活的，每天24小时待命，经常客户一个电话打过来，就打乱了自己所有的生活安排，这不是他想要的。

他说，你记不记得你一个人刚到上海、找工作那段时间，我请你吃饭，又是鼓励，又有点酸溜溜地说了一句：“我不像你，读的是好学校，学历高，英语好，找工作根本不愁。我啊，根本没的选啊……”

他说，以前总觉得自己高中时混日子，最后上了一所三流的大学，还是混日子，结果导致进入社会以后就业的面很狭窄，把自己逼到了没有选择余地的位置。但通过这两年的打拼，突然想明白了，没有什么是不能选的，谁也没有资格在尝试做出改变之前，就埋怨自己没的选择，那些不过是借口而已。

真的努力过，才有资格说自己运气不好、没的选择，否则，就都是借口。

他发现这几年手机应用很火，在网站和报纸上经常能看到程序员的招聘信息，加上自己对这方面很感兴趣。于是，他用两年工作积攒下来的钱，在上海一所比较有名的培训机构学了一年的编程，他很努力，学得很快。

2014年，他进了一家手机APP开发公司，从此当上了一条程序员汉子。

网友都说程序员的工作很辛苦，经常加班改代码，但他做得很开心。而且他说，代码经常要改，只有两种情况，要么领导、客户事多，要么自己能力不够。他觉得现在的工作比以前轻松多了，有的时候任务完成得早，下班前还能玩一个小时游戏呢。今年上半年，他又跳槽换了新东家，工资自然是又翻了一番，工作也越来越得心应手了。

另外一个朋友琳琳，毕业三年，做过前台、销售、客服等，但没有一份工作超过半年。偶尔打电话给我，也只是为了吐槽排解，而我听到的也都是些鸡毛蒜皮的故事，概括起来无非是，工作不好、公司不好、同事也不好。她说，真羡慕你，写点东西就能赚钱花，你能挑工作，但我只能被工作挑。

我说："其实找工作很简单的，要么做自己喜欢的，要么做自己擅长的。你现在这样，是因为既没做自己喜欢的工作，又没有自己擅长的东西。你有没有想过自己到底喜欢什么？"

她想了很久说："我也不知道自己要做什么，小时候倒是想过当画家、设计师之类的。现在看看，很不现实。"

我说："要么你去报个培训班吧，学个设计什么的，以后我可以推荐你进广告或媒体公司做设计。"

我以为这是个不错的建议，但得到的回应却是："可我没时间啊，平时还要上班呢！而且，我能学会吗？这要花不少钱吧……"

她罗列了一大堆质疑的问题，却没有认真想过可以怎样开始。从那以后，无论她怎么跟我吐槽不喜欢工作，天天很苦逼，我都听不进去，也懒得做任何回应了。

因为，我已经知道，这就是她的生活方式，她的选择就是放弃选择，放弃所有改变的可能性，用抱怨和牢骚来填补内心的不满，仅此而已。

3

我们生活的这个世界，有太多的人对自己的现状不满，把难堪或窘迫的处境说成是现实强加、生活所迫。将将就就，犹犹豫豫，前怕狼后怕虎，不满现状，又不愿意改变。**兜兜转转，过了一生。但你真的是没的选吗？你只是不想选而已！**

如果你真的那么讨厌自己现在的工作，每天上班都是一种折磨，那就辞职啊，去做一份你喜欢的工作。如果你觉得自己能力太差，又没有什么拿得出手的技能，担心就算辞职了也找不到更好的工作，那你就去学啊，充电掌握一项新的技能，或者全面提升自己的综合能力和素质，然后换一份自己喜欢的工作。

就大部分人而言，每天除了吃饭睡觉和上厕所，你最重要的8小时是在公司里度过的，你真的没必要日复一日、年复一年地自虐！当然，如果你说你喜欢自虐，说自虐带来的疼痛感让你觉得自己真切地活在这个世界上，那请便吧，我尊重你的选择。

同样的道理，如果你真的不喜欢眼前的这个人，不满意眼前的这段感情，那就分手啊，何必彼此将就，互相折磨？时光无情，来去匆匆，你有必要将自己有限的时间和生命浪费在不喜欢的人和事上吗？你知道吗，你在“自杀”的同时，也“谋杀”了别人的爱情和时光。一份将就的感情，对你和对方都不公平！

单身，只是短暂的寂寞而已，将就，却将会是漫长的折磨。

一切无法解决现存问题的牢骚，都只是徒劳无功的情感宣泄。

下次，不要再说什么自己没的选，装出一副可怜兮兮的模样，没有人会同情你的，一切都是你自己的选择。你不去改变，就只能接受。一旦接受，就不该有不满和牢骚。生命是你自己的，生活也是你自己的，你不对自己的生命和生活负责任，难道还指望别人去操控你的人生？

任何一件事情，你都可以选择“接受”和“改变”，“接受”你能接受的东西，“改变”你想要改变的现状。人生苦短，必须性感。千万别想不开自虐，惯性地勉强接受不能使你骄傲或开心的人和事，譬如工作，譬如爱情。你也许不能做人生的赢家，但至少可以做自己生活的主人。

如果你说，一切哪有这么简单，每个人的生活际遇和处境各不相同，你没有办法那么随性、那么洒脱。你有自己情非得已的苦衷，你身上背负的责任与期望都太过厚重，让你没有“任性”的勇气和资格。

那么，**无法随心选择的你，无力改变眼前现状的你，至少还可以选择一个好的心情去面对生活，坦然地接受眼前的一切**。笑着过是一天，哭着过也是一天，你选哪一个？

生活已经这么辛苦了，你又何苦再为难自己呢？为什么要用既定的结局去为难自己？

比钱更重要的是，想清楚自己要什么

1

今年5月，一个很久没有联络的人，更为准确地说是我一个朋友的弟弟，阿辉，突然找到了我，说他最近失业了，求抱大腿，求推荐工作。

我说，我现在的公司近期没有招人计划，而且，如果我帮你推荐，应该也是上海地区，我的人脉还没有广泛到可以异地帮朋友找工作的地步。他说，哦，我不知道，我也没有什么特别的想法，本来是打算离开苏州回老家发展的，但是又听说老家的工资很低，我就不想回去了。

我说，老家的工资低是自然的，毕竟是二、三线城市，不比北上广。你应该也知道，像北上广这样经济发达地区的显著特点就是，高收入、高消费，本质是一样的。

“那你以前的公司还招人吗？”他问。

“我以前在广告公司工作，如果你要进，要么你是广告相关专业，懂广告、营销；要么你英语好，能够用英文流利沟通做介绍；要么你会文案、策划、设计、执行的任何一个方面，否则，我是没有办法把你推荐到我上一家公司，或者任何一家广告公司的。

“我虽然混过广告这个圈子，多少认识点朋友，但我不会自砸招牌、自毁名声的，也不能对你不负责任，胡乱地将你推荐到一个待不长久的公司。如果你什么都不会，就算别人看了我的面子安排你入职，回头还是会找一个理由把你炒掉。坦白说，我的面子也没有大到可以让我任何一个前老板或朋友的公司养一个闲人的地步。这样说，有点残酷，但事实如此。其实我想知道的是，你有什么可以谋生的特长或技能吗？这样方便我对症下药地帮你推荐工作。”

“特长？反正不是靠身体就行。”

“很好，你充分地发挥了自己的幽默感。能认真一点吗？”

“我就是不知道自己有什么特长啊，不然找你干吗？不就是看你在上海混得好像还不错的样子，至少比我哥混得好。”

“然而并没有。那你以前学的是什么？没有想过做与专业相关的工作吗？”

“数控机床啊，但我不想做这个。”

“不如，我换一个方式问你，你有想过自己究竟想要什么吗？”

“钱，我就想赚钱，你这不是废话吗！”

他的答案非常简单直白，对话到这里，我觉得自己应该是帮不到他了。

其实，每一次，当我问一个处在迷茫中的人“你知道自己想要什么吗”这个问题的时候，期待的是通过对方一个有营养的答案了解到他更深层次的特质和需求，这样我就能够结合对方的心理状态和客观条件，为他提供更具可执行性的建议。但奇怪的是，有很多次，我提出这个问题的时候，对方的答案都是简洁明了又毫无意义的一个字——钱！

Come on，谁不想要钱。**在这个世界上，也许有不喜欢钱的人，但绝对没有不需要钱的人**。除了极少数不食人间烟火的人，穷人、富人，虽然每一个人的位置和处境各不相同，但人类追逐金钱的欲望和立场却是惊人地一致。所以，想要钱，具体到某一个人身上，并不是一个具有“特殊性”和“代表性”的有效答案。

“可能，你真的要好好地想想这个问题了。”

“那我就不知道了，除了钱，我想不到别的答案。”

“不论你做什么工作，都能赚到钱，只是钱多和钱少的差别。我担心的是，如果你完全只是奔着钱去做一份工作，结果不但没赚到钱，而且还会很不开心。我看过太多这种例子了，自己以前也曾把赚钱当作目标去找工作，每一次，都做不了多久就离职了。所以，我才会觉得透过‘需要钱’和‘想赚钱’这样的表象，搞清楚自己究竟想要的是什么，是一个得以一展能力与才华的平台，是轻松愉快的工作氛围，是赢得他人的尊重与认可，还是别的什么东西，这才是最重要的。”

“我就是心里没底啊，很茫然，不然也不会来找你了。老板连上个月的工资都还没发给我，我现在连吃饭都是个问题。”看着南京东路的车水马龙人潮汹涌，他忽然转过脸很认真地问我，“你觉得我适合在上海工作吗？我能在这里生存下去吗？”

没有什么能不能的，每一天都有人满怀期望地来到这里，每一天也都有人落寞失意地离开这里。其实，只要你愿意努力，愿意奋斗，在哪里都一样。上海再牛逼，你现在还不是踩在这片土地上？

2

自从3月起，我陆续地在一些公开的平台上发表文章后，几乎每一个星期，微博私信都会出现这样两种留言：一种是，姐姐，我今年就要毕业了，但是我不知道要找什么样的工作，大学里学的并不是自己喜欢的专业，现在也不知道要怎么办。你能给我点建议吗？另一种是，我工作有一段时间了，但最近才发现自己并不喜欢现在的工作，也不知道该怎么办。想辞职吧，又不知道下一份工作找什么样的，现在真的很苦恼，不知道怎么办了。

以上两种是普遍存在于“80后”和“90后”人群中的问题，为什么呢?

客观上来讲，我们国家的教育体制一直偏重于培养学生的基础知识和应试能力，而忽略对学生个性的塑造和独立性的培养。所以，很多时候，当我们走出象牙塔，进入社会的时候，我们并不知道自己该走什么样的路，想走什么样的路。就算是少数高校，在校期间对学生进行过职业生涯规划，但大部分时候，那所谓的职业生涯规划都是形式主义的走过场，写一篇命题作文一样的东西应付差事就完了，在学生日后的就业中并没有起到过实际、有效的引导作用。

主观上来讲，大部分的中国学生，是把“战胜高考，进入理想的大学”当作人生目标的，他们并没有认真地想过，那以后自己想做什么。很少有人，在当初考大学填志愿的时候，就已经非常清楚地认识到，我现在填的这个学校、这个专业，是关乎我将来就业的，是很可能决定我以后的人生道路怎么走的。大部分人是填了家长和老师推荐的学校和专业，所以，当他们离开学校时，才突然发现，这并不是他们想要的。当然，我并不片面地认为，你学什么专业将来就一定会做什么职业，只是我们应该都承认，大学里所学的，很大程度地影响和决定了我们将来的就业方向。意识到这一点，能够帮助我们在职业选择上少走弯路。

当我们每一个人在面临就业和择业又没有清晰的目标和方向时，

我们是否可以顺着这样的逻辑框架进行思考：

一、我的兴趣和爱好分别是什么？我到底喜欢什么？

二、我有什么特长和技能？我的这些特长和技能是可以用来谋生的吗？

三、作为一个独立的个体，我有什么与众不同的地方？我的长板和短板分别是什么？

四、一份工作，我最看重的是什么。你不是神，不能拥有一切想要的，总要做一些取舍。是令人艳羡的高工资和好福利？是公司文化氛围好、领导开明、同事和睦、俊男美女多、文娱活动丰富，还是发展前景好、将来前途不可估量？如果以上几点不能同时满足的话，那么又要按照怎样的重要优先次序进行排列和选择？

五、试着透过现象看本质。比如，当一个人说他希望找那种文化氛围开放活泼的公司，也许他真正想要表达的是，我是一个喜欢自由、不太喜欢被束缚的人，那国企和国家事业单位就要先被排除了；当一个人说，她想进入那种每年有出国旅游和高端年会派对的公司，那么她更适合的也许是软硬件高大上、注重员工福利的外企。

六、如果可以的话，做自己喜欢的事情，并且从中赚到钱。据说，这是最幸福的活法。

七、在就业和择业时，可以向那些较自己年长、具备一定的社会阅历，又对自己有几分了解的人寻求建议。但是最终做决定的人，仍应当是你自己。人生是自己的，选择当然要自己做。

八、现在这个时代，变化太快，变数太多。对于我们每一个人来说，最好的选择，是选择那些极具发展前景的朝阳行业和职业。

当你经过几番比较和权衡，终于锁定了一个答案时，试着将时间轴拉长，如果快进三年或五年，这个行业、这个职业依然能持续发展吗？

举个反例，我是2008年进入大学的，那个时候爸妈觉得读英语专业挺好的，毕业了，就算是不当英语老师，做外贸也是挺好的，但真相却是，2012年我大学毕业后外贸行业并不景气，已经错过了中国对外贸易的“黄金十年”。

九、如果可以，从现在开始着手培养你的第二职业技能。早在2009年，斯坦福大学“商业领袖和企业家”的公开课上，校长约翰·汉纳森就曾经说过，21世纪正逐渐拥有这样一个特点，人们不再只拥有一个固定的职业，而是经常随时间变换职业，他们不得不学习不同的技术，这样才能进入更为宽广的职业发展领域。所以说，我们不如从现在开始培养自己的多元职业能力，以便将来拥有更多选择的权利。

这是现代社会发展的必然趋势，不然你以为为什么众多领域的大佬们纷纷跨界创业呢？他们也害怕自己所在行业和领域被淘汰啊，更何况我们这些普通人呢。

十、**等有一天我们的能力到位了，薪水和福利自然也会到位。社会不是象牙塔，很残酷，也很现实。**

没有任何一个老板和HR是傻瓜，一个员工具备什么样的能力，能坐到什么位置，能做成什么事情，他们心里有一本比你计算得还要精准的账。

如果能力与野心匹配，自然能得到想要的薪资，竞争这么激烈，老板也会担心人才流失，必然会用高薪去留住有用之才。如果能力与野心不匹配，那就一边培养能力，一边呵护野心，直到他们给到你想要的薪资和待遇，如果他们没有给，一个真正有能力的人还怕跳槽找不到好工作吗？一个人的社会价值和自我价值是统一的，在我们要求社会和公司等，给予我们一些东西之前，首先应该想清楚我们能创造什么样的价值，不然我们根本就没有谈判的筹码。

十一、**赚钱是一件理直气壮的事情，但是在就业和择业的时候，眼睛千万不能只盯着钱看，**如果你只盯着钱看，你很可能会错过其他更重要的东西，很容易迷失自己。

其实我在做广告之前，分别进过外贸公司、连锁酒店和红酒公司，我当初试图进入这几个行业的动机都很单纯——赚钱。那时我认为在外贸公司做业务、星级酒店做管理和红酒公司做销售都是来钱快的几条路子，可是这三家公司，我都只工作了不到三个月，因为不适合我。

外贸公司的业务部每天做的事情，就是维护老客户、跟进新客户，顺便处理下售后问题，每天如此，很枯燥。连锁酒店是一种什么样的地方，是最不需要个性和自我的地方，客人永远排在第一位，哪怕他是错的，哪怕他很没素质，你都得让着他，百般礼遇他，这点对于一个从小到大都是信奉黑就是黑、白就是白的我，有点困难。至于我做不了红酒公司的优秀销售的原因就更简单了：一是，我很害怕被客户拒绝；二是，我很难把一瓶普普通通的红酒吹得天花乱坠。

但广告不一样，可以不断接触新的品牌和新的案子，永远有新鲜和刺激。但策划不一样，它就是需要你有个性、有想法，才能更好地完成工作。但广告圈子不一样，与你接触沟通的甲方客户，大部分都是很有品位、很有要求的人，跟他们在一起，能把每一个案子都变成一种充电学习。

最理想的工作，不仅能让你赚到钱，更能发挥你的特质、做得开心，这样你工作日的8小时才不是为了金钱出卖自己的煎熬。

人生在世，天大地大，快乐最大，钱只是手段和途径，不必当作目标。金钱是人类社会发展到一定阶段的产物，是等值量化的工具，我们需要钱，也不过是需要这个工具来交换获得相应的产品和服务等，它只是表象和工具，并非本质。所以，除了钱以外，你还想要的东西，多半才是你真正想要的东西。

我最欣赏的一种活法是，左手现实，右手梦想。牛奶和面包都要有，但诗和远方也不会忘。也许，你说我太天真，太过理想主义，可如果我们每一个人都这样想呢？

这个世界，会不会完全是另外一番光景？

离开是为了更好地回来，
而不是为了逃避现实

1

离落是一个典型的文艺女青年，从我认识她那天起，她的微博个性签名就一直是：

“我的意中人是一位盖世英雄，有一天他会身披金甲圣衣，驾着七彩祥云来娶我。”

她是个电影迷，看过《红高粱》《新龙门客栈》和《大话西等经典电影的她，一直对西北地区有一种特殊的情怀。

她说，她跟凉茶说好了，以后一定要去一趟宁夏，要去看看星爷

《大话西游》的拍摄地，要让凉茶在西北苍茫大地上向自己求婚，她说，她连地方都挑好了，就是电影结尾紫霞和至尊宝转世拥吻的那一座城楼，她说，光是想想都觉得很美好。

她跟凉茶是大学同学，同系不同届的，大学里谈了三年多的恋爱。他们毕业后一直异地，一个在北京，一个在上海，来回积攒了一沓机票、火车票和电影票，一直靠手机、网络温暖彼此。然而，就在他们异地的第二年，凉茶提出了分手，说对不起，他实在是顶不住家里的压力了。

半年后，凉茶结婚了，新娘是他父母口中的“门当户对、知根知底”。

看到凉茶朋友圈发结婚照的那个晚上，离落哭哭啼啼地给我打了两个多小时的电话，她说她都快准备好抛弃上海的一切，去北京找他了，她说她已经跟爸妈在商量了，为什么不能再等等她。

那晚，她一直说话说到声音沙哑，手机没电。

那天之后，离落失魂落魄了很长一段时间，不是文案写得一塌糊涂，就是发邮件的时候抄错了附件，几次之后接到了客户的投诉邮件，老大的脸色越来越黑，骂她是不是不想干了，失个恋又不会死，要么放下一切，好好上班，要么出去度个假再容光焕发地回来，别整天半死不活地坐在那里混吃等死。

三个星期后，她把过去半年积攒的加班全部换成了调休，一共有十天的时间，一个人背上了行囊，去了一直心心念念的宁夏银川。

她说她要用十天的时间放逐自己，埋葬爱情，等回来后重新开始。

我嘴上说好啊，我在大上海恭候女王凯旋。心里却无比清楚，她只是因为放不下，才找了一个理由逃避生活，就算旅行回来了也未必能放得下。

那十天里，她远远地看过沙湖环绕、风景如画的贺兰山，路过了“一半湖水，一半沙漠”的塞上江南。在蓝天白云、芦苇荡里笑靥如花，坐过了毛色光亮、身体壮实的骆驼，穿过了广袤荒凉的西北沙漠。走进了悲壮沧桑的镇北堡，在黄土泥坯砌成的狭小街道里来回辗转。用手抚摩过风雨侵蚀过的黄土墙、低垂的酒旗、花哨的面具、古老的枯树……

所有的一切都跟她曾经幻想的一模一样，所有的一切都让她心动，可再美丽的风景都不能填补她心里的那个缺口。她跟紫霞仙子一样，都没有猜中故事的结局，也许，她以后还会遇到别的人，可那个守护她的人再也不会是凉茶。

离开银川以前，她把跟凉茶谈恋爱时积攒的电影票和火车票都装在了一个巧克力的铁盒子里，花了半天的时间，找了一个很隐蔽的角落，埋在了一面破落的土墙下面，这就是她埋葬爱情和回忆的方式。

再回到上海，已经是2014年12月了。

她假装清理了所有与凉茶的记忆，假装把所有的伤心、难过都留在了银川。每天开心地上班、下班，害怕又因为分心做错事情，每次交差之前都反反复复地检查每一封邮件、每一个文档、每一份PPT。周末跟我一起有说有笑地逛街、吃饭、看电影和八卦娱乐新闻。

可这所有的伪装，都在某天下班挤地铁回家时，被一阵《一生所爱》的铃声击溃。

回到家里，她把短靴甩开，倒在床上，躺了一个小时。晚上8点多，她起身，打开电脑，把微博的个性签名改了，改成了：

如果心底有一座监牢，逃到哪里都一样。

2

广告圈是一个闲的时候头上长草，忙的时候萝莉也能累成狗的神奇所在。

明少和凯哥在上海的广告圈打拼有三四年的时间了，一个是客户经理，一个是项目经理，都是天天被甲方虐，加班加到没朋友的主儿。

去年有次聚会，这两个人喝高了，一拍即合，挥舞着酒瓶子、扯着嗓子说不想混这个圈子了，发誓再也不想当广告狗了。6月底，两人给各自所在公司的老大发了邮件，明少的邮件洋洋洒洒写成了高中生作文，凯哥的言简意赅，中心思想都是——老子不干了。

他们一起“裸辞”了，两个人花了半年的时间玩遍了东南亚。

他们在巴厘岛的金色沙滩上晒太阳、吹风、泡妞、租游艇出海钓鱼，在泰国拜佛、闲逛和淘工艺品，流连在遍布法式建筑的胡志明市，戴斗笠、骑摩托、喝西贡啤酒、吃越南春卷、靠在盘根错节的老树上午休……

只剩下我们一帮加班狗在上海，隔着千山万水看着他们装×，各种羡慕嫉妒恨。

12月初回到上海以后，凯哥总结了一句话：玩的过程，就一个字“爽”，回来以后，就一个字“愁”。

原本，两个人离开上海前说好了的，以后跟广告圈彻底说再见，可生活毕竟不是电影，不会每一次都按着你写好的剧本演。

明少还好，轻松地达成目标，凭借着自己多年节假日玩转单反的特殊技能，很快地在一家摄影工作室找到了一份工作，人家看了他的作品后，让他隔月去报到。

凯哥呢，回来以后，在家里宅了很长时间，想了很久也不知道以后做什么。

他大学学的是化学，四年本科都是专业课低分飘过、选修课是挂科重修过的，加上一毕业就进了广告圈，化学完全忘光了，再从事专业的相关工作已经不现实。

其他技能吧，他只会打游戏，可他的水平还没有专业到能当职业游戏玩家、赚钱养活自己的地步。赶到年底，身上的钱也挥霍得差不多了，裸辞半年的潇洒早都烟消云散了，只剩下每天愁眉度日。朋友给介绍的工作，也都是广告公司里的职位，不是项目经理，就是客户经理，跟他以前做的事情也没多大差别。

最后，挣扎了很长时间的他，还是硬着头皮去了其中一个朋友介绍的广告公司，重操旧业。

之后有一段时间，明少和凯哥的关系变得很微妙。

但凡聚会，凯哥似乎总是刻意地回避着明少。有一天，我实在忍不住了，就跑去问凯哥什么情况，他说没什么，就是作为朋友明少太不够意思了，他离开上海前就规划好了退路，而自己却绕了一圈又回到原点。

我沉默了一会儿，说："凯哥你没听过一句话吗？人的气定神闲，来源于永无后顾之忧。"

凯哥发了一个大大的问号表情，说："不明白，别转文，讲人话。"

我说，这事儿真不能怪明少。虽然那天聚会时，我是眼睁睁地看着你们两个借酒发挥、一拍即合的，但明少很早以前就在我们面前提过，以后不做广告就玩摄影的，这本来就是他为自己留的后路。而你当时，那么信誓旦旦地要远离广告圈，我们都以为你也是有打算的，只是嘴上没问而已。

他的郁闷好像消散了一些，说："唉，我当时哪有什么打算啊。

就是一连加了小半年的班，智商都快被磨平了，只想着赶快逃离这个圈子，逃离这种生活……”

3

“一生之中至少要有两次冲动，一次为奋不顾身的爱情，一次为说走就走的旅行。”美国作家安迪·安德鲁斯在畅销书《上得天堂，下得地狱》里写的这句话，曾经风靡网络，蛊惑了一大批迷茫中的年轻人，解放了他们原本就躁动不安的心。

当一个人遇到了解决不了的问题的时候，本能的反应是逃避。

而现代社会，人们最喜欢用的逃避方式就是——旅行。旅行似乎成了百忧解，不管是生活上遇到了挫折，感情上遭受了创伤，还是工作中遭遇了失意，每个人最先想到的就是抛开生活赋予的一切，跑到一个完全陌生的地方待着，好像只要脱离了原来的位置，所有困扰自己的问题都不复存在了。

可他们忘了，不管他们走过了多少陌生的道路，看过了多少美丽的风景，遇见了多少陌生的人，听过了多少有趣的故事，他们终究还是要回归原来的生活。

明少的旅行，是为了放松，是为了探索，是为了体验，所以他的旅行是最快乐的，从开始到结束都很快乐。

而离落和凯哥，一个是因为感情受伤，想要逃避工作和生活；一个是因为工作压力太大，想着逃离原来的圈子，可他们即使发挥了那么一些勇敢和魄力，最后还不是回归原来的旋涡？忘不了的依然忘不了，该加班的还是要加班。

如果旅行只是为了逃避，天涯海角都一样。因为如果一个人的心是被枷锁捆绑的，他走得再远，也只是在这天圆地方里苦苦挣扎。**如果离开的动机，只是为了逃避现有的生活，那么，即使旅行的过程再精彩，回来后的结局都是一样的。因为心态错了，领悟和感受到的东西也是错的。**

你的心是自由的，你的世界才是自由的。所以，每一次旅行，每一次离开，都应该是为了更好地回来。

职场上的鱼和熊掌，每一次只能选一个

1

参加朋友婚礼时，碰到了好久没见的阿洛，她目前在上海的一家广告公司做策划，客户覆盖知名的快消品品牌和一些国外的时尚品牌。

她说，Summer，有一家奢侈品的Agency（代理）在挖我，上次面谈了一下，感觉还可以。

我说，不错啊，你之前不是一直想进奢侈品的Agency吗？是4A（美国广告公司协会America Association of Advertising Agency的缩写）吗?

不是4A，不过跟4A差不多，公司的老大是个老外，据说能力很强，面试前我还去网上搜了一些他的资料呢。主要负责Social Media（社交媒体）这一块，说白了就是管理微博和微信，这些我都有经验的，就是不确定去了以后会不会觉得无聊，你知道的，我不喜欢死气沉沉的工作。

除了Social这一块，还有别的工作内容吗?

有Campaign（活动）的话就负责策划公司的Campaign，但主要是微博和微信的日常运营。工资还可以，上次谈是税后7000，如果真的过去，可能还有涨的空间。我过去的话，会负责IWC（万国手表）、DKNY和其他时尚品牌。

感觉条件不错啊，有什么拒绝的理由吗？唉，其实，你不觉得你每次问我要不要跳槽这种问题的时候，意义都不大吗？明明道理你都懂，只是不知道如何做选择。可我们认识这么久了，按照我的性子，我是不会帮任何朋友做选择题的，我只会分析客观形势，选择还是要你来做的。

我知道啊，我就是觉得你看的东西多，眼光更远一些，我自己现在有点混乱。

你想听真话吗？不过这真话一定不好听。

你说啊，我们之间有必要藏着掖着吗?

很简单，你太贪心了，你什么都想要，所以你什么都得不到。如果你这点改不掉，以后是很麻烦的。因为职场上，总有困难，也总有诱惑，你不能什么都要抓，什么都想要。

你说的是实话，我就是这样的，老是想跳槽，但又总怕跳过去发现是个坑。我就是既喜欢现在公司的安逸，又想要有一些新的突破，很矛盾。那你呢？你也怕冒风险吗？去年不是也有几个HR给你推荐公司，你都没去。还有一次，HR打电话的时候，我们刚好在吃西餐。

我知道她说的是哪一次。

去年12月底，我和阿洛吃完了牛排，在那边喝咖啡闲聊时，接到了一个猎头的电话，说是Fesco（北京外企服务集团有限责任公司）上海公司的，他们看了我的履历后对我很感兴趣，希望我能去面试总经理助理的位置。我说我刚入职新公司，现在也做得很开心，暂时没有跳槽的打算。对方没有放弃，继续在电话中跟我攀谈着，问了我一些问题后，更觉得很合适，希望无论如何我能先去面试一趟，薪资和待遇都会让我满意。坦白说，有那么一瞬间的心动，毕竟Fesco是一家不错的公司，中国人力资源行业的创始者，500强企业，而我现在的公司是一家不足20人的创业型的小公司，未来是一个未知数。但我的犹豫只持续了不到两秒，就很果断地回绝了。

不是对方开的条件不够好，是我很喜欢现在的公司的氛围，而且我也相信我现在的BOSS。

A有A的好，B有B的好，可我已经选了A，就不能再心心念念B的好了。我是这样的，但你不是。你是那种——我觉得现在的A很好，可是我总觉得前面有更好的，我也想得到比A更好的B。所以你总归是要冒一些风险的。

虽然一直想跳槽，但是你一点儿风险都不愿意冒，所以有了机会也抓不住。你看，之前有个做Digital（数码）的公司挖你做客户这一块，你纠结了半天没去。今年我有朋友公司招策划，特意推荐了你，别人看了你的履历也挺满意的，薪资开得也不低，但你还是没去。

那如果，我冒了风险，选择了我以为会更好的B，但是我失败了呢？B跟想象中的完全不一样呢？怎么办？

凉拌啊，开玩笑的。我觉得选择就是，选了就选了，不管好的坏的，只要本小姐开心，就算是跌倒了，大不了再爬起来，换个姿势再来一次。几年之后，又是一条好汉，不对，又是一条好的女汉子。这个世界上没有什么事情是一劳永逸的，人会变，环境会变，结果也会变，一切都是会变的。

那你就没有选错的时候、后悔的时候？

有啊，可是错都错了，我还能怎样？射飞镖的时候，飞镖偏离了靶心，再来一次就好，只是下一次记得瞄准一些。**人生说到底就是四个字——愿赌服输。工作是这样，感情也是这样。**

什么叫“愿赌服输”？

“愿赌服输，放在我的职场语境就是，我基于种种原因做出了选择，有很好的机会也没有跳槽，将来两三年后，事业发展的好与坏，都是我应得的，好的坏的都是我决定的，完全是个人选择，风光还是落魄都与人无尤。而愿赌服输，放在你的职场语境里就是，虽然你入行比我晚，但最后进了比我更好的公司，拿比我更高的薪水，那也是你的本事，我只会欣赏你。”

“明白了。其实人心底的想法很重要，不能总是摇摆不定，不管外界怎么变，面对选择时，都要有自己的尺度和标准。我会再想想的，刚好过一阵子我休年假，可以好好地想清楚自己究竟要什么。”

“希望你这次说的是认真的啊，这话我可听了不止一遍了。”

“放心吧，这次我会做一个表格，综合评估的。谢谢你，亲爱的，打醒我，让我回到现实。”

2

另外一个广告圈的朋友Rachel，她这几年的职场生涯，也走得比较曲折。

一开始是在当地的广告公司做文案和策划，跟着创意总监混的，后来她发现自己对做项目更感兴趣，于是申请了去做项目执行。老大为了锻炼她，经常把控场的机会留给她，手把手教她管理和运营项目。

她说，她很喜欢做项目时那种运筹帷幄、掌控全局的感觉，而且每次做完一个项目，都特别有成就感。可是，做项目又很辛苦，加班、熬夜都是轻量级的，难搞的是，供应商要是不给力，活动现场很容易掉链子，而且再周密的执行方案都会有疏漏的地方，总会有突发状况产生，盯活动的时候，神经真是一刻都不能放松。

我说，可是你喜欢做项目啊。这就是最大的理由。

去年年初，有一次聚会聊天，她说她想去甲方试试。觉得乙方说到底是帮甲方做项目，总是会有一种被别人牵着鼻子走的感觉，遇到难缠的客户就更郁闷了。不像是甲方，市场部里，自己有预算，自己做活动，主动权掌握在自己手里，不用把时间浪费在与客户的反复沟通上。

于是，4月底，她进了一家有名的留学机构的市场部，打算在甲方一展拳脚。

但两个月后，她终于发现，甲方不适合她。用她自己的话说就是，以前在乙方是累，但是很好玩，但在甲方是不仅累，而且不好玩。难怪之前有一个学传播的朋友，拿到世界500强市场部的Offer也不去，最后还是进了广告公司。

听她这样说，我有点意外，反问她："之前感觉你新公司的各方面都挺好的啊？"

她说："好是挺好的，就是无聊。我现在的工作主要是写文案、策划活动和执行，而且我们的市场部是没有乙方的，所以什么都要自己做，比较辛苦，你懂的。我能看到未来三年自己会做些什么，展会、展会，还是展会，前期微信推广、网络推广、校园和各类渠道推广，然后就是留学展会的现场执行。如果一直做同样的事情，我想我会疯掉的。”

最后，她想通了，她更喜欢做好玩的事情，而且她在广告行业待了好几年，也积累了很多经验，就这样放弃有点可惜了。所以，去年下半年她回归广告圈，进了一家做Social的广告公司，现在主要做连锁酒店的口碑营销，在朋友圈里经常能看到她分享自己公司做的案例。

一看就知道，她现在做得很开心。

后来，她跟我讲，在职场江湖上，前辈的话可以相信，但不可以尽信。以前，一个4A的高人指点过她，说她年纪也不小了，该定职业方向了，不能总这样跳来跳去的，可是很多事情我都没有尝试过，又怎么能知道什么才是最适合自己的呢？

在职场上，我们不能保证每一次都能选对，偶尔也会走一些弯路，可是没关系，选错了也是可以回头的，如果试错能换来正确的选择，那错一下又怕什么呢？最可怕的是，因为害怕试错，一直不敢尝试，在一份不喜欢的工作上一眨眼就荒废了很多年的青春和光阴。

3

孟子说过：“鱼，我所欲也，熊掌亦我所欲也；二者不可得兼，舍鱼而取熊掌者也。”其实孟子的本意不是说“鱼”和“熊掌”一定不能兼得，他想告诉我们的是，当鱼和熊掌两个注定只能选一个的时候，应该做出对自己最好的选择。

舍得，舍得，有舍才有得。如果你什么都想要，注定什么都得不到。

因为当你面临选择的时候，无论你最终选择了什么，都是有机会成本的。在职场上，“鱼”和“熊掌”，往往每一次都只能选一个。你不可能既想要安逸舒适，又想要升职加薪；既想要甲方的主动权，又想要乙方的好玩和刺激，总归要为了得到其中一样，而舍弃另一样。

而且，选择本来就是一件非常自我的事情，你永远不能指望别人帮你做选择，也永远不能奢望别人能够理解你做的选择。顺应自己的心意，跟着感觉走就好了。**选择之前，好好思量权衡，你最在意的是什么，你最想要的又是什么，弄清楚什么才是你的鱼，什么才是你的熊掌。选择以后，就坦然应对、勇往直前就好了。**

学英语，其实没有你想的那么难

在这里，我以一个英语专业本科毕业生的身份，分享以往学习英语的粗浅经验和方法，希望能够帮到下定决心学好英语的你。

在你正式开启英语学习的旅途之前，我先用“5W”帮你简单地梳理一下：

Who are you? —— Identity?

你是学生、白领，还是企业老板？你所处的身份位置决定了你学习英语的动机，而动机决定了你是否有足够的动力将学习计划付诸实践。

Why do you wanna learn English? ——Motivation?

你学习英语的动机，决定了你学习的方法和侧重点。

What's the first thing you need do? ——Self-evaluation?

在正式学英语以前，你必须做相应测评，了解自己的英语处于一个怎么样的水平，是听力差、阅读强，还是写作好、口语差？你必须知道自己的优势和劣势，才能对症下药，查漏补缺。

How to do it? ——Method?

想学英语，那么究竟怎么学呢？下面将介绍的是“5技”+“4P”的学习方法，“5技”是学习目标，“4P”是学习方法。

“5技”，指的是英语中的听、说、读、写、译，五大技能。

“4P”，指的是Purpose，Plan，Practice，Persistence。

当你明确了英语学习的目标，又制订了英语学习的计划，学习实践并且坚持下去，就算你的英语达不到听说读写流利的水平，三个月之后，在语感、词汇量和日常口语交流上也一定有明显的进步。前提是，你要坚持下去，不能三天打鱼两天晒网！

Now，let's begin.

一、Purpose

A类. 学生：顺利通过中高考、四六级、雅思和托福之类的考试，然后学以致用。

B类. 白领：职场应用或职场晋升。大部分白领都避免不了用英语写邮件和与人沟通，所以一般更偏重于听力、书面写作和英语口语的提升。

C类. 大众：日常交流、出国旅行、日常攀谈、原声电影，掌握听说是王道。

二、Plan

A类. 学生：全方位修炼“5技”，并且掌握一定的英语应试技巧。其实各类英语考试有很多看着“死板”但很“实用”的技巧，后面会具体说的。

B类. 白领：重点学习攻克“商务英语”，并持续拓展提升听力及词汇量。因为，当你的老板或客户说了大段英文的时候，你听都没听清楚，就更别提愉快交流了。

C类. 大众：熟练掌握5000个单词和基本语法知识，偏重于听力和口语的日常运用。当然，如果你说你想达到看律政电影和医学电影毫无障碍，那你必须得“啃”对应领域的专业英语。

三、 Practice

A类. 学生：

Part one——“5技”提升部分

多听、多说、多读、多写、多译，看着像是废话，却是我的中学英语老师教给过我的最简单实用的方法。你知道吗？当我背下初中英语每一册、每个单元的单词和课文后，我就算不靠语法，每次考试凭感觉可以轻松上125分以上，也正是凭着超顺的语感顺利地通过了以后的六级、托业、专业四级和专业八级等英语考试。

1. 听——多听

1）每天坚持听英语，至少30分钟，可以是BBC、VOA，也可以是日常交流对话。

2）每天做一份听力练习，这个听力练习是保持“耳力”和对英语的敏锐度最好的方法。

3）学会区分英式英语和美式英语，单纯从发音上来说，英式英语更加字正腔圆一点。

2. 说——多说

1）找到一个跟自己一样，具有强烈的提高英文水平的动机的小伙伴，坚持跟他用英语对话。

2）抓住每一个可以讲英语的机会，你的老师、同学、爸爸、妈妈，甚至是路上偶遇的老外，都可以是你练习口语的对象。

3. 读——多读

1）英语课本上的文章必须熟读，最好是能完整背诵。要知道你每次英语考试的语法知识点都是从每个单元的课文中“抽取”“延展”“变形”得出的。

2）找到一份适合你的英文杂志、英文报纸或一个英文网站，每天坚持能看一篇英文短文最好。不用长，贵在坚持。

3）如果一开始觉得很难坚持，那就从你喜欢的内容开始看，你喜欢看电影，就看电影赏析的英语美文，对经济感兴趣，就看一些经济类的时评。

4. 写——多写

1）每天写，哪怕只是几句话也是极好的。

2）如果可以，建议你练习用英文写日记。当你能用英语流畅地记录生活点滴和偶感的时候，你还怕英语考试的时候写不好作文吗？

5. 译——多译

1）坚持每天做翻译，你甚至可以挑选其他科目课本上的字句进行翻译。长此以往，你英语翻译的准确度和灵活度会大大提高。

2）尝试着一个句子用不同的句型和表达方式翻译。

3）区别并逐渐掌握“直译”和“意译”，这点很重要。

“直译”（Literal Translation），一般指的是逐字逐句的翻译，而“意译”（Liberal Translation），一般偏重翻译精髓要领，不纠结于字句。

举一个经典的例子，汉语中“过五关斩六将”的直译是force five passes and slay six captains-win glory in battle，看着是不是特别纠结、拗口，但如果换成是“意译”就会变成overcome all the difficulties in the way，显然，后者更为简洁明了，直击中心思想。

Part two——考试技巧部分

其实网上可以搜到很多英语的应试技巧，这里我只分享自己验证过、确实好用的方法。

1. 听力

1）拿到试卷后，先快速阅读题目，在每个题目的关键字下面画横线，如What did Michael do last yesterday？一看到这个题目就应该知道这里的关键字是What，所以，在听的时候，一定要注意听力素材中有关What的内容；

2）根据题目，快速揣测可能出现的答案，比如由what，你可能联想到go to the concert，or watch movie；

3）留意细节上的陷阱。比如对话中可能出现了Michael first planed to go to the concert，then he changed his mind，went to watch the new movie，如果你在听到go to the concert的时候，就得意扬扬大笔一勾，必错无疑；

4）当你在两个答案之间纠结徘徊举棋不定的时候，请相信你的第一感觉。做听力题目的时候，没有百分之百的把握，千万不要随意修改答案。

2. 单选

1）其实每一张英语试卷上，单项选择里有80%的题目中涉及的语法知识点，都一定是你平常学过的，所以你的基本功一定要扎实；

2）无法用语法知识做出选择的时候，就凭排除法或语感做决定；

3）如果你的英语实在是太差了，凭感觉蒙吧，以我做了那么多年英语试卷的经验，B跟C的概率还是很高的。

3. 完形填空

1）完形填空一直是大部分英语考生的死穴，完形填空本质上考的是你建立在英语基础知识和语感上的“脑补能力”，如果你的脑补能力很强大，应该能拿到80%～90%的分数的；

2）做题目前，快速阅读文章和下面的选项，然后在理解文章大意的基础上逐个填空；

3）遇到一时难以抉择的空格，先跳过，因为一篇文章必然是上下文呼应的，前面困惑的问题，也许到了最后自然会有答案。更神奇的是，有的时候，你会发现后面高频出现的某个单词，其实就是你前面空出的不知道如何选择的答案；

4）全部空格填出来后，再快速地阅读一遍文章，以一个“初次阅读”的视角，去检验你所选的那个单词或短语，填入相应的空格中，意思是否正确，逻辑是否清晰，一旦出现蹩脚的地方，立刻琢磨修正。

4. 阅读理解

1）如果你平时多读多看，这部分会很轻松；

2）采取英语听力考试时的技巧，先看短文后面的问题，并且标注出每个问题问的重点，是what、how，还是why；

3）读好问题后，带着问题到文中去找答案。一般每篇文章的5个问题中，前3个题目是文中直接有答案的，很容易选出，后2个多半是考“原文+理解”的，其中有一题可能需要你的一些计算和推理。这里你要做的是“参照原文”，但不迷信“原文”，因为题目中一定设计有“陷阱”；

4）一般最后一个问题，都是考核文章的“主旨”的，这个时候你一定要纵览文章，在综合评估的基础上做选择，必要的时候还要动用你对这篇文章涉及“主题”的常识运用；

5）如果可以，把语文学好吧，一般语文好的人，很容易洞察文章的主旨、内涵和结构，所以英语阅读理解不会太差的，如果差，一定是词汇量不够。

5. 作文

1）如果你平时坚持每天写英文句子、日记的话，你的词汇量和语句顺畅度就能帮你提高作文分数了；

2）不管你写的是记叙文还是议论文（英语作文貌似议论文居多），建议你采取最简单、清晰和安全的结构——“总－分－总”。要知道中国所有英语考试的阅卷工作都是非常沉重的，一般一张试卷改到作文的时候，老师已经阅卷疲劳，这个时候你再舞文弄墨，把作文结构弄得跟悬疑电影似的，估计他们不等看完，就会给你打一个很中等、很保险的“低分”；

3）还有个技巧，是我的小伙伴告诉我的，她说她英语很差，但每次作文分数都不算低，你猜她怎么做到的？她说她背诵了几句经典的名人名言，每次考试不论是什么“主题”，她都能靠上去，然后同一个梗或同一段话，她从初中用到高中。在没有更好的办法时，你也可以试试这个办法。

6. 语法

语法书不在厚，贵在精。

要知道在你英语基础一般的情况下，看的语法越多，你会越混乱越搞不清楚的。你只要做到看到一个句子，能够清楚“主谓宾定状补”，能够分解句子基本就OK了。反正我语法是很差的，语法课我基本上都在睡觉，考试都是靠语感。

7. 其他

1）雅思托福等考试听力和阅读的比重非常大，这要求你的英语词汇量要非常大，然后做听力和阅读的速度要非常快，并且在不是百分百确定的情况下，不要折返，不要改答案。

2）增加词汇量有一个比较“偏门”和“变态”的方法，那就是“啃英语词典”，如果你能培养看《牛津英汉高阶双语词典》或《朗文高阶英语词典》的好习惯，并加以运用的话，你的英语一定是很厉害的。

B类. 白领：

1）“5技”部分请参照在“A类学生”中提及的方法；

2）去一些好的英文网站，比如沪江、可可英语、普特英语上找相应的“商务英语”和“白领口语”课程，按照上面的计划按部就班地学习；

3）学习掌握常用的邮件句型和日常对话，去找《英文邮件的书写格式和模板》《商务英语邮件范文》《白领常用500句》等类似的资料自学，这些材料网上有很多，很轻松就能找到；

4）如果你有经济条件，没时间，学习主动性又很差的话，那我建议你可以去英语培训机构报个班，推动自己学英语。

C类. 大众：

目标明确后，循序渐进地进行即可。

1）同样地，“5技”部分请参照在“A类.学生”中提及的方法；

2）采取分板块和领域，循序渐进的学习方法。

比如，如果你这段时间要出国旅游，那就重点学习旅游英语的内容，比如问路、点餐、机票预订等这样的词汇、句型、对话，零星地积累学习。如果你是个小清新，学英语只是为了享受英文原声电影，那么你坚持看和听英文电影，模仿电影中的场景对白，在对话中学习陌生的单词、用法就可以了。

四、Persistence

罗马不是一天建成的，我觉得那些英语好的人，除了极少数在这方面有天赋，轻松掌握的人，绝大多数都是靠“勤奋”和“坚持”使然。

1.怎么样坚持呢？今天下定决心学英语了，明天又不想学了怎么办？

2.兴趣是最好的老师，你想学好英语，首先要把学英语变成一件“好玩”的事情。比如与小伙伴练习用英语逗贫互损；比如从听你最喜欢的歌手的英文歌，看你最喜欢的外国演员的电影做起；比如从在酒吧里跟美女用英文搭讪开始学起。

找到一个好的小伙伴，两个人一起学习英语，互助互励。当然，如果你找了一个英语国家的男朋友或女朋友，你的英语想不突飞猛进都很难，因为你有了非常好的英语学习的氛围和对象。

3. 运用“激励机制”带来的愉悦和满足感，帮助自己坚持下去。比如你今天表现很好，早起听了30分钟听力，晚上还写了英文日记，第二天买一个喜欢的小东西鼓励下自己吧。当学英语的过程变得回报可预见和很快乐的时候，坚持也就变得十分容易了。

五、一些个人独创的英语学习方法

1.“情景代入法”

这个方法的妙处在于能够帮助你利用零星的时间学习英语。你每天是不是都要学习、工作，都要吃饭、说话、聊天？你每天把自己路上所看到的，生活中经历的事物、事件等，在经历的过程中大脑自动去搜索相应的英文单词、句子和表达，你的英语表达的流畅度会提升得非常快。

如果当时实在是想不起来，没关系，事后去查单词和语法，然后记住它。这个方法如果你坚持用，你会发现真的特别厉害，因为这相当于你除了睡觉的8小时之外，其余的时间都在学英语，你的潜意识一直跟英语打交道，你能不厉害吗？

2. “苦逼啃字典法”

这个方法很变态，就是你像是看小说一样地，去“啃”你的英语字典，每天“啃”几页，坚持下来，就算你讲英语的时候依然磕磕巴巴，但你的阅读速度和效率一定超于常人。

3. “电影放映法”

这个方法其实不光适合学英语，适合每一个读书阶段的学生。你每天晚上入睡前10分钟，将当日学到的英语单词和句子，像是放电影一样地在自己的脑海里放映，并且在这样的过程中尝试着将它们分门别类，归档至你大脑相应的储存空间内。人的记忆是有遗忘曲线的，但是你这样反复刺激的话，学到的东西是很难忘记的。

六、英语学习资源推荐（网络上都能找到的）

1.《二外教授教你如何一眼认出英文单词的意思》

其实就是根据字根“解读”单词，有点类似于汉字的偏旁部首，当你学会了这个，估计随便扔给你一个英语单词，你也能猜到它的意思。

2.《英语老师不想让你知道的一些网站》

不要贪心，挑选1～2个自己喜欢且适合的网站，坚持用上面的资源学习英语就好了，贪多必失。

3. 网站推荐：沪江、普特、可可、英语学习网，这几个依然是我的优先推荐。

4.个人强烈推荐

TED (http://www.ted.com) 和网易公开课 (http://open.163.com)。

我最爱的两个网站和APP（手机应用软件），你用了以后绝对觉得相见恨晚。TED上有很多超级好的英文演讲，网易公开课上你可以找到很多英语课程进行自学。

我一直认为网易是中国互联网时代为数不多的有节操和公德心的网站，这点从《网易公开课》和《网易云音乐》就可以看出来，懂的人自然懂。

5. 单词背诵软件推荐：《百词斩》和《扇贝单词》。

最后分享两句话，用于共勉：

1. Never say die. 坚持到底。

2. A thousand-li journey is started by taking the first step. 千里之行，始于足下。

学英语，真的没有你想的那么难，只要你愿意花心思学，只要你愿意坚持。所以，加油！

这个世界上只有两种学习方法

1

8月的一天，我一个人泡在猫的天空之城里发呆、看小说，中午11点多，收到了千里之外的姗姗发来的信息。

她说：“Summer姐，你写的每一篇文章我都有看，尤其是《你不是没时间，只是打开时间的方式不对》那一篇，看了好几遍。这些天我认真地想了很久，也许我该去学一点东西了，趁着现在还年轻，可是，我又很害怕耽误时间，如果学不成的话，时间就浪费掉了，所以现在不知道该怎么办了。”

我看书的时候不喜欢被人打断思路，但还是拿起了手机给她回信息，力求简明扼要、速战速决，我说："学会了，就不会浪费时间，你的犹豫，才是真正的浪费时间。"

她接着问："可是，我要是没有学成的话，就把时间都耽误了呀？"

我又回了一条："在这个世界上，你做任何事情都是有机会成本的，如果害怕浪费时间，那就努力去学。怎么会学不会呢？又不是要你去造原子弹！"

一般来说，很多东西只要肯花时间、肯用心就能学会啊，只是不同的人水平高低有所差别而已。一样东西，一个技能，还没正式开始学，就产生了畏难情绪、想放弃，那多半是学不好的。因为，成功的人永远会去找方法，而失败的人就只会找理由。

2

就拿学习英语来说好了。

大概因为我从小到大英语都比较好，六级、托业是高分过的，专四、专八是裸考过的。前后，有不下100个人问我怎么学英语，起初的每一次，我都会耐着性子跟他们聊很久英语学习的方法、技巧，末了，还会根据每个人的情况，用心地整理一份英语自学的辅助资料，在上面列明我个人认为比较实用的英语学习网站、软件，等等。

你猜，结果怎么样？

没有一个人的英语水平有显著提升的，除了我大学时当家教带过的一个女孩子。刚开始带她的时候，她的英语成绩是年级200多名，一个学年以后，进步到前30名，口语交流也流利了很多。

为什么只有她一个人进步了，是我的方法有问题吗?

NO！是大家都太懒了。**比起用“脑子”真枪实弹地学习，绝大部分人更喜欢用“嘴巴”浅尝辄止地学习。**这里，暂且称这类人为“伪学党”吧。“伪学党”的行为模式是有迹可循的，基本上可以划分为以下几个阶段：

一、萌芽阶段

要么是脑洞大开、突发奇想打算学一样东西；要么是受到了外部刺激，眼红别人的劳动成果，心里暗暗较劲，打算掌握到对方的技能，直到超越对方。

二、起步阶段

锁定目标对象，找到已经熟练掌握了想学的技能的人，求知若渴，伸手讨要方法和技巧。

三、挣扎阶段

信誓旦旦地立下宏伟目标，力求超越前人，但始终雷声大雨点小，三天打鱼两天晒网。

四、搁浅阶段

学了一阵子，发现没有明显效果，就果断放弃了。有的自我安慰，唉，算了，我大概不是这块料子，反正也学不会不如不学了。有的暗自揣测，对方是不是有所保留啊，没有告诉我真正的方法？

然后，就没有然后了。

“伪学党”学东西，总是习惯大张旗鼓地开始，又迅速地偃旗息鼓。不光是学英语，他们学很多东西都是这样的。他们渴望拥有成果，却不愿意真的去努力。恨不得把别人的才华、能力都做成芯片装在自己的脑子里。我们6岁的时候，幻想着吃字母饼干就能一下子记住所有的英语单词，大人们会觉得我们很可爱。等到我们20岁的时候，还幻想着不费吹灰之力就拥有令人艳羡的技能或才艺？大概听到的人都只会“呵呵”吧。

很多时候，我们学不会一样东西，不是因为我们笨，也不是因为我们懒，而是我们并没有真正静下心来认真学，我们做的只是一个“在学习”的假动作，我们花费了时间、精力，却注定不会收获劳动成果。

当年读初中的时候，英语老师要求我们背诵英语课本上的每一篇文章，每天放学前都要安排英语课代表和小组长挨个检查，不会背的不让回家。

有个同学M，每天的早自习都会特别大声地朗读课本，声音吵闹如洪钟撞耳，害得我们这些喜欢默读的人只能一边暗暗叫骂，一边捂着耳朵背书。但奇怪的是，他每一天都不能按时回家，每一天都要被留堂，因为，他没有一篇文章能完完整整地背下来。

有一天，轮到我检查他背书，我看他那种磕磕巴巴吃力的样子，都急得直跺脚，气呼呼地说：“你不是早上背了一节自习课吗？怎么还记不住啊？你这样我也回不了家了。”

他有点委屈地看着我，说：“我不知道啊，老师不是说只要多读几遍就能背下来吗？”

我才终于搞清楚，原来他天真地以为课文只要读就能背下来。

难道读书的时候不用思考吗？不用一边读一边自动梳理文章，默记每一段的段落大意、语法结构和所用单词，再在脑海里自动拼接成文？看起来读书读得很认真，但其实只是坐在那里任由文字符号在嘴巴里盘旋，思绪不知道飞到了哪里。背了几十遍的单词为什么还是记不住？虽然你的嘴巴里一直在背单词，但是应该与嘴巴同心协力的大脑却一直缺席，当然记不住了。

为什么在阅览室上了一下午的自习，回到宿舍里还是觉得脑袋空空的？因为在过去的5个小时里，看了2个小时杂志，发了1个小时的呆，玩了40分钟的手机，中途有人找还出去过几次，对比身旁如痴如醉地上着自习的那些人，备受良心谴责的自己打算利用仅剩的1个小时拼命学习，却发现书本上的字都像是游龙飞凤，一个也看不清楚。

这个人，就是大学里有段时间的我。

所以，我太了解“伪学党”了，因为我也曾那么擅长做学习的

"假动作"。

等下一次，你再想学什么东西的时候，一定要用心学，用脑子学，不要只是用嘴巴，不要只是无意义地消耗时间、精力。

3

这个世界上的人大致可以分为两类，一类是聪明的，一类是勤劳的。

这个世界上的学习方法也只有两种，一种是靠天分，一种是靠勤奋。聪明的人学东西靠天分，勤劳的人学东西靠勤奋，不论你想学什么东西，不论你是不是零基础，这两个方法同样适用。

比如学外语，有像英国人亚朋·夏尔马这样的语言天才，轻松掌握外语技能的，也有像俞敏洪这样勤勉刻苦，花费了超于常人的努力和心血终于学有所成的人。

亚朋·夏尔马有多天才呢？

他7岁就学会了意大利语，8岁学会了德语，9岁学会了西班牙语，到10岁的时候就已经掌握了法语、俄语、泰语、印度语等11种外语。当年记者采访他，问他是怎么做到的，他说："你给我一本字典，我再看一些外国电影，很快就学会了。"

你看，天才学东西，只需要动用一下自己与生俱来的天分，就能轻轻松松地秒杀众人了。像这样的人，我们只能仰望，无法复制。

那，俞敏洪当年学英语有多刻苦呢?

他用了三年时间刻苦攻读英语，硬生生地把英语从33分拔高到了95分，圆了自己北大的梦想。但入学没多久，就因语音、语调及听力障碍，被迫从A班调到了C班。

可是，他不服气，每天比别人早起床，练口语、练听力，讲英语的时候有口音，就一遍一遍地模仿校园广播电台的播音。大三那年，更是读了200本书，写了200多首诗歌，背了上万个英语单词，终于练就了一流的英语水平。

我们大部分人都没有靠天分的资本，但是，我们可以像俞敏洪一样靠勤奋，用超凡的毅力和坚持，去学我们想学的东西。

我是一个文科生，唯一的弱点是数学，准确点说我是一个数学白痴，每次考数学做题时都有一种想死的心情。因为数学太差了，严重拖后腿，导致我第一年高考失利。

复读那年，我每一天的晚自习基本上都贡献给数学了，在教室里死命地看课本上的例题和原理，拼命地做数学试卷，一张又一张。那个时候压力大，经常半夜醒来就睡不着了，然后我就把数学模拟题拿出来做，什么时候困了，什么时候再继续睡。

等到第二年高考，我的数学出人意料地考了129分，比我一直擅长的语文和英语还要略高几分。所以，那个时候我就发现，原来有些你以为很难的东西，只要够勤奋，只要肯用心，只要不是浮于表面地做学习的“假动作”，就一定能学好。

这个世界上自以为很聪明，喜欢凭借小聪明学东西、做事情的人太多了，但真正聪明的人却是那些明知自己不够聪明，所以肯用心、肯努力的人，是那些即使知道自己有天分、很聪明，也假装不够聪明的人。

所以，开头的话是我故意说错的。这个世界上还有第三种学习方法，那就是一点点的天分，再加很多点的勤奋，那么，什么难题都能轻松攻克，什么技能都能轻松掌握了，除非你说你要去造原子弹，哈哈……

Chapter 04

用力地生活，
只是因为拥有想要守护的人

这个世界上，没有任何一个人的生活是不用受委屈的，没有任何一个人的生活是不用经历烦恼和痛苦的，我们都一样。而我们每一个人，之所以那么努力地工作，那么用力地生活，不过是因为，我们每个人的生命里，都有想要守护的人，可能是恋人，可能是家人。

用力地生活，只是因为拥有想要守护的人

1

2013年，公司接了一个500强品牌的全国路演，那段时间项目很密集，人手不够用，我被临时调去项目组支援，负责盯路演活动的现场。

那一站是在上海港汇广场。

晚上6点多，活动快要结束的时候，督导阿和跑过来，说："姐，今天我能不能先撤啊？"

我说："再等一个多小时就撤场了，怎么，你晚上还有安排？"

阿和说："我晚上还有一个家教，在松江大学城那边，有点远，

想早点过去。”

我打量了一下眼前这个男生，说：“我记得你今年读大三对吧，现在就这么努力赚钱？星巴克有一份服务员的兼职，我们这里一份路演督导的兼职，晚上还做家教，你忙得过来吗？这样子不是很影响学习？”

听我这样说，他不好意思地挠了挠头，咧开嘴笑了下，说：“姐，你看见站在那边发传单的那个女生了吗？她长得好看吧？”

我有点不明所以，顺着他的目光看过去，一个很清秀的女孩子，扎了一个干净利落的马尾。

“你喜欢她？”

“嗯，她是我的女朋友。我们明年就大学毕业了，我们两个都不是上海本地的，但我们都想为了彼此留在这座城市。我现在趁着读书时间没那么紧，想多打几份工，多存一点钱，等到明年毕业了，我们就可以租一套环境好一点的房子，主要是干净、整洁，她有点洁癖的，我不想她跟我一起住那种脏乱差的廉租房，我舍不得。”

当时我特别想配合剧情，用周董的语气说一句，哎哟，小伙子不错哦，可是太矫情了，到嘴边的话立刻改成了：“你去吧，这边我来搞定，反正待会儿工人会过来。”

见我对他提前离场没意见，他连忙说了好几个谢谢，立刻跑去后台拿他的书包了，走之前还远远飘过来一句：“姐，拜拜，对了，我的学习很好哦，每年都拿奖学金的。”

看着他得意的样子和飞奔而逝的颀长身影，我忽然心情大好。

爱情果然是有魔力的，那种想要拼命努力守护一个人、守护一份感情的心情，能够让一个20岁的毛头小子快速地成长起来，脑子里甚至已经开始规划他们以后的生活了。

很多人都说大学里的“恋爱”对象，往往是“练爱”对象，因为有太多不确定的因素，因为彼此都不够成熟，很难走到最后。往往大部分人，大学里爱情故事的结局都是，在毕业那天说分手。

但我觉得不是这样的，**分开有分开的理由，现实有现实的干扰，但最重要的原因应该是彼此不够坚定吧，没有那种即使拼尽全力也要守护好这一份感情的决心，没有用力地守护好眼前的这个人。**

2

有一个周五，我调休，于是去八佰伴那边找月月玩。

因为到得比较早，我直接去公司那幢楼里等她了。等她下来，我挎着她的胳膊，一起往外面走。出大门的时候，被一个脚步很匆忙的人撞了一下，转过身一看，是个送外卖的。

他手里的外卖溅出来几股油花，不偏不倚地洒在我的白色衬衫上，我看着那油乎乎的一片，心情一点也不美丽，眉毛皱起来，好像随时要发脾气。

见我的脸色不太好看，他变得局促起来，呆站在那边一个劲地说“对不起，对不起”并解释道：“这份外卖人家等了很久了，送晚了，跑得比较急，没想到撞到你了，真是对不起！”

看他那个内疚又不安的样子，我实在没办法发脾气，说了一句：“没事了，你走吧，下次当心一点。万一被撞的人硬要跟你计较怎么办？”

他这才松了一口气，又连说了两声“谢谢”，走了。

那人走了以后，月月摇了一下我的胳膊，调侃道：“我还以为你要发脾气了呢。毕竟那件白衬衫你买了以后第一次穿。”

我瞪了她一眼，说：“我有这么凶吗？本来今天只是找你一起逛逛，没打算买衣服的，现在好了，不得不买了。”

月月笑着说：“得了吧，你就是想买衣服了。你哪次逛街不败家的。不过，刚才你要是真的发脾气了，我也会拦着你的。”

“什么意思？”

她说，她知道那个人，或者说这栋楼里面的大部分人都知道那个人。

“他在这附近打两份工，一边送快递，一边送外卖，每天都是，风雨无阻。而且你没发现，他右脚不是很方便？听说，他有两个儿子，都在读大学，老婆身体又不好，所以家里经济压力特别大。之前有几次送外卖送得慢了，有人投诉他，他还被扣了不少钱。后来，大家渐渐地听说了他家里的情况，包容了许多。”

“难怪。是挺不容易的。”

其实，当我注意到他那张饱经岁月风霜的脸、黝黑的皮肤和粗糙皲裂的手指后，就根本没办法跟他计较了。皱眉头只是在想衬衫上的油污要怎么洗才能洁净如新。

一个人在上海生活，每次路过人潮汹涌的地方，尤其是在人民广场和南京东路那样的路段，伴随着繁华席卷而来的是让人窒息的压抑。

走在人群中，总是会产生一种随时被淹没的恐慌感。过马路的时候，常常会发呆，停下来的时候，总是情不自禁地看着天空，想要努力看破些什么。晚上一个人在空荡荡的办公室里加班，心里弥漫的总是无尽的落寞和惆怅。

但是，**每一次，只要一想起这座城市里，有那么多人都在用力地生活，有那么多人那么拼命地工作、赚钱，只是为了守护好他们想要守护的东西，守护好他们想要守护的人，心里有一个地方就会被温热填满，变得柔软而勇敢。**

3

想起另外一个朋友贞贞，1987年出生的，父母在她很小的时候就离异了，爸爸要了弟弟，她跟妈妈一起生活，后来爸爸再婚了，妈妈却一直单着。

每年年底的家庭聚会，对她而言，都是一场不可避免的、硝烟弥漫的战争。

等你到了一定的年纪就会发现，“中国式亲戚”是一种很可怕的存在。

他们有一样与生俱来的本事，叫作“攀比”，明着比，暗着比，一天到晚换着花样比。你家比他们穷，他们笑话你；你家比他们有钱，他们嫉妒你。当然，他们最擅长的是把各自的孩子拿来比较，读书的时候比学校、比成绩，工作了比单位、比职位、比薪水。几年之后，又开始比谁的对象条件好、比谁家的孩子早结婚、比谁家早点抱孙子……

经年累月，无休无止。

她有三个表妹，去年年底，是她最小的一个表妹结婚。男方家里据说是开公司的，很有钱，挑了县城里最好的酒店，大摆筵席，广宴宾客。

出于礼貌，她跟妈妈到场都比较早。一帮子亲戚坐在那边，自然是少不了八卦。不出意料，亲戚们聊着聊着，战火就又烧到了她身上。

第一个声音，嘴巴就有点毒：“她二姨，你家贞贞年纪也不小了，老这样单着怎么行？你自己婚姻不顺利就算了，别让你女儿也耽误了。”

另一个声音，赶紧把话接过去：“就是，就是。你看，家里的这几个姑娘，一个比一个嫁得好。几个小的都嫁出去了，接下来就看你家贞贞了，现在就看她能嫁一个什么样的人家了。”

还有一个声音，得意扬扬地说：“女孩子，还是要嫁得好。你看，我家女婿，过年来又给我们老两口送了一堆营养品，还包了个大红包，这孩子真是挺有心的。还说什么过完年带我们去旅游，还要去国外玩……”

她一说完，另外几个人立刻附和起来。

贞贞只觉得兴趣索然，这有什么可炫耀的，你们几家的孩子还不是自己能力不行、没本事赚钱，才安排她们趁早结婚，找了个好人家嫁了。我自己自食其力，日子过得舒服得很，想什么时候结婚就什么时候结婚，你们管得着吗？真有意思！

让她意外的是，坐在一旁一直沉默不语的妈妈，突然开口了：“是啊，你们说的都对。不过我家女儿，长得好看，人又聪明，工作也好，不愁嫁不出去的。今年回来，刚到家就拿出了几万块钱，说是给我过年用的。她这么孝顺，我还舍不得把她太早嫁出去呢。我们家也不需要靠女婿，将来只要她嫁的那个人对她好，条件差不多就行了。”

这话一说完，刚才轮流挑衅的那几个人，脸上都青一阵白一阵的。

看见她们吃瘪的样子，贞贞有一种很解气的感觉。但是，更多的是感动。她知道，这不是照妈妈的性子会说出来的话，她知道她不在家的时候，妈妈没少受这帮人挤对，其实别人怎么样，她妈妈都无所谓，可是，她不会让自己女儿去承受这些。

工作中无数次的委屈、无数次的加班、无数次出差时遇到的令人难堪的处境，一个人走夜路的不安和害怕，一个人过节、宅在家里吃泡面的心酸，难搞的房东，奇葩的室友……

一时之间，这一切都不重要了。

这一切的努力和辛苦，所有的坚持和斗争，都变得有意义起来。不管别人怎么说，怎么看，她都能勇往直前，挺起胸膛用力地生活，因为她要守护好自己的妈妈。她想通过自己的努力，让她过上更好的生活。她要证明给那个人看，即使没有他的存在，她跟妈妈也能过得很好、很好。

再等几年，等她存够了钱，会在自己工作的城市里买一套房子，把妈妈接过去，这样，妈妈就再也不需要忍受周遭讨厌的一切了。

这个世界上，没有任何一个人的生活是不用受委屈的，没有任何一个人的生活是不用经历烦恼和痛苦的，我们都一样。而我们每一个人，之所以那么努力地工作，那么用力地生活，不过是因为，我们每个人的生命里，都有想要守护的人，可能是恋人，可能是家人。

等下一次，你被工作和生活折腾的时候，痛苦疲倦得想要放弃的时候，不妨告诉自己：不，我不能放弃，不能投降，因为，我还有想要守护的人。

不般配的爱情，

往往有旁人看不懂的情深

1

那天和好朋友阿飞去市中心的商场购物，挤在人满为患的电梯里。

电梯停靠在7楼时，最后上来的是一对学生模样的小情侣。

男生高瘦挺拔、阳光帅气，目测一米八，是现在流行的那种“大长腿欧巴”类型，应该是很多女生会喜欢的款。女生，长得很一般，身高一米五几，身材的话，用偏胖来形容已经十分委婉。很明显，这一对不是平常人眼中“外貌般配”的情侣。

男生先一步走进电梯，为女生在拥挤的人群中开辟出了一片空间。

然后，那女生，非常小心翼翼地踏进电梯，进来后抬头看着男友，用很细微的声音说：“幸亏刚才电梯没有响，要是因为我超重了的话，就丢脸死了。”

我跟好友一个眼神交汇，心照不宣。

谁知，男生脸上露出一个不经意的微笑，一脸宠溺地看着女友，顺手揉了揉她的头发，说：“就算超重了也很正常，因为，你手里拿了一大杯可乐啊。”

语罢，完全无视电梯里的一片惊愕。

阿飞对着我迅速地眨了一下眼睛。

我知道她想说什么。嗯，麦当劳的可乐——真的很大杯。

出了电梯以后，走在我们前面的两个女生的八卦，不小心落入了我跟阿飞的耳朵里。

一个女生拍了拍胸脯，做了一个很夸张的表情，说：“Oh，My God. 刚才我们真的是在乘电梯吗？不是误入了偶像剧的拍摄现场？作为单身狗，我感受到了一万点的伤害。”

另一个女生接过话茬：“那个男生看着还蛮帅气的，女生嘛，就很一般。可是看起来男生好像很喜欢女生的样子。你说那个男生看上女生哪一点了……”

“不知道，搞不好人家喜欢最萌身高差呢。”

我猜，有这种想法的绝对不止她们两个，从电梯里大家的反应就知道了。

刚才那一幕，绝对比当下流行的玛丽苏小说和狗血偶像剧温暖治愈。我还注意到一个细节，虽然电梯里拥挤得呼吸都困难，但男生却一直很努力地用自己的双臂圈出一个安全范围，护着怀里的女生。女生脸上全程挂着羞涩又甜蜜的笑容。

也许旁人看来这一对并不般配，可是他们就是那么甜蜜，那么在意彼此。

在爱情的世界里，从来都是如人饮水，冷暖自知。当两个人沉浸在爱情的世界里的时候，爱情会为他们画一个圈，圈子里是他们独有的世界和空间，是旁人看不懂的婉转和情深。往往，爱情表面的般配与否，只是旁人肤浅的判断，至于这爱情的里子，是清茶，是美酒，还是苦咖啡，只有当事人自己才知道。

2

江小雅是我的中学同学，鹅蛋脸、柳叶眉、长腿细腰，标准的美人坯子。

她从初一开始，就桃花不断，一个学期下来，抽屉里的情书多得可以用来当草稿纸。最难得的是，她学习还很好。她躲避那些缠人的围追堵截最简单的方式就是，放学拖着我一起走回家的路。

那个时候，我想，将来，什么样的男孩子才配得上她的喜欢。起码得是小说里那种高大帅气、各方面都很优秀的男孩子吧。

后来，我们进了不同的高中后很少联络。再后来，我在省外读大学，她在省内读，每年只有年底的同学聚会才能碰上。我们一直开玩笑说，什么时候把你男朋友带出来看看，让我们鉴定一下。她一直没有回应这个话题，直到大学毕业第二年的冬天，她破天荒地说要带家属出席聚会，我们当然求之不得。

然而，当天聚会，所有到场的人都跌破了眼镜。

江小雅的男朋友Y，是一个非常普通的男孩，真的是那种掉在人堆里就找不着的人。在我们不了解一个人，也没机会去接触的情况下，也只能从他的外表去评判打分，整体感觉就是很平淡的一个人。但是小雅不一样，她是那种远远看过去就很抓人眼球的出场自动加特效的女孩。

所以，这两个人出现在我们眼前的时候，我们总觉得画风不太对。

一顿饭，大家吃得各怀心事。

有一个好事的男生，直接在饭桌上挑衅起来了，说："Y，快点给我们说说，你是怎么把我们大美女江小雅追到手的，当年她连正眼都不带瞧我们的，现在倒被你这个不知道从哪里冒出来的臭小子占了便宜。"

Y似乎对这种阵势早已习以为常，淡然自若地看着身旁的小雅，很幽默地回了一句："没办法，小雅她近视又不爱戴眼镜，眼神不好，所以就看上我了。”

一边说话，一边还不忘给小雅剥虾皮。而小雅坐在那里，安静地笑笑，也不说话。

等Y被男生拖去包厢外面抽烟的时候，几个女生绕过桌子，将小雅围了起来。

“小雅，这个人什么来头啊？老实交代！”

“你们什么时候开始的？谈恋爱多久了啊？”

……

尽管，大家问了很多问题，也期待剧情有所反转，但最终也没有得到什么惊天动地的答案。小雅只是说，他对她很好，跟他在一起很幸福。

隔天，我们约了一起逛街，才对他们这段感情有了更多的了解。

他们两个居然是在公交车上认识的。大一的某个周末，小雅乘公交车去市区买东西，站在旁边的一个男生看了她好久，一副羞涩、欲言又止的样子。她以为又是要搭讪的人，并不想搭理，还往旁边挪了挪位置。结果，那男生居然又跟上来了，还恰好挡在了她的身后。她顿时有点恼怒，觉得这个人好奇怪，正准备发脾气。突然那个男生，结结巴巴地说了一句：“你，你衣服后面弄脏了，我把外套借给你穿吧。”

这下，小雅才恍然大悟，原来是这个。当下，心里又是恼怒，又是感谢的。

没多久，Y就向小雅表白了，小雅拒绝了。他又表白，说可以等。就这样，一个表白，一个拒绝，中途又发生了很多事情，一年半后，他们成了男女朋友。

后来，家里人知道了，死活不同意。因为男孩十分普通，家境也很一般，还是单亲家庭。但是他们还是顶着压力在一起了，也没有像大家预测的一样毕业就分手。

本以为过了这么久，父母也该接受Y了，没想到毕业后父母反对的声音更强烈了。他们说你之前谈谈恋爱也就算了，现在已经工作了，得找一个条件好的人家，正儿八经地结婚安定下来了。你跟Y在一起，我们是绝对不会同意的。所以，这次她把Y带回来，主要是为了见父母，企图说服父母，扭转他们的观念。

小雅说了很多他们之间的故事，都是些琐碎平淡却又触动人心的温暖。其中有一件，我印象特别深刻。

他们陷入热恋的时候，Y还只是一个穷困的在读研究生。除了跟小雅在一起的时间，Y只会做三件事情，上自习、做实验、打工。因为不在一个校区，Y每天早晚步行四站路，接送小雅上下课。

夏天很热，冬天很冷，小雅都记在心里，感动之余也不免有些心疼，对他说："你不用每天送我的，你导师那边不是也挺忙的？"

结果Y说："我乐意啊。"

"那你明天早上坐公交车来我这边吧，天冷了，我不想你走那么远。”

“没事儿，我就当是锻炼身体了。再说我每天省下来4块钱，你早饭可以加一杯热豆浆啊，多买两个包子也行。”

小雅跟我说这个故事的时候语气很平淡，但我知道波澜不惊的外表下是汹涌的暖流。我开始明白，她为什么那么抗拒家里安排的、与高富帅的相亲，执拗地和父母口中的穷研究生在一起。

因为在大家都看不见的地方，那个人对她真的很好，以后，应该也会一直好下去。

3

我没有追过星，也很少有什么喜欢的明星CP，总觉得在娱乐圈这个纸醉金迷、光怪陆离的世界里是不会有什么深情真爱的。况且，又有那么多“秀恩爱，死得快”的前车之鉴。但是，今年不同，张晋和蔡少芬这一对绝对是个例外。

2015年，曾经的港姐、TVB的当家花旦蔡少芬有了一个新的名字“炫夫狂魔”。她不论是出席品牌活动，还是参加综艺节目，总是一副“大家好，我是张太蔡少芬。我老公最帅了，我老公什么都会”的架势，随时随地自动开启疯狂的“炫夫模式”。加上今年，张晋因动作电影《杀破狼2》里帅气邪魅的监狱长一角走红，无限恩爱虐狗的张晋蔡少芬CP开始越来越多地为人所知、为人喜欢。

表面上，蔡少芬很爱老公，事事以老公优先，给足了张晋作为一个男人的面子。但是如果你仔细地看他们夫妻参与的综艺节目，你会发现张晋其实是很疼爱老婆的，一般来说，对蔡少芬的决定都是绝对拥护的。而且两个人默契得只要一个眼神交汇，就知道对方想要表达什么了。

经常，明星过分地秀恩爱是会掉粉的，但这一对却是越秀越火。我想，可能是因为他们脸上那种发自内心的笑和幸福感，在无形之中感染了大家。

然而，今天大家眼中的天造地设、郎才女貌的一对，当年却非常不为人看好，情路走得十分艰辛。他们是2003年因拍摄电视剧《水月洞天》和《灵镜传奇》结缘，并建立恋爱关系的。

到了2007年年底，蔡少芬亲笔写信，传真给香港各大报社宣布婚讯，一石激起千层浪。

势利眼的香港媒体，从两人结婚酒店偏远、男方是个无名小辈、只有堪称穷酸的家庭等各方面对他们的婚姻冷嘲热讽，说武打替身出身的张晋，不论名气、地位、财力，无一配得上众所周知的美女、TVB当红花旦蔡少芬。2008年，两人还是顶着各方压力结婚了。但即使在婚后，张晋依然会时不时地遭到港媒的嘲讽，说他给不了蔡少芬阔太太的生活，说他靠老婆上位，等等。

2014年，第33届香港电影金像奖，张晋凭借电影《一代宗师》拿到了最佳男配角。领奖时，他站在麦克风前真情告白：“以前很多人都说我这辈子都要靠老婆蔡少芬，没错，我一辈子的幸福都要靠她。”

这个时候，蔡少芬在台下感动得落泪。看到那一段视频的时候，我心里想到的是，虽然张晋是个武打替身出身的粗糙汉子，但不代表这些年他没有被流言伤害过，可是因为爱，因为相守，他们两个人都挺过来了。

如今，结婚七年，他们依旧恩爱如初。蛰伏14年的张晋，也终因《杀破狼2》变身武打新星，新晋男神。在遭遇那么多质疑的声音之后，这一对终于被大家认可为“般配”的一对。

又转念一想，或许，在他们的心中，别人的认可与否应该根本没那么重要吧。重要的是他们彼此相爱、相知、相守。因为在爱情的世界里，对两个人“般配与否”最有话语权的是他们本人。

当我们用世俗的眼光去看待爱情时，最终也只能得到一个世俗的答案。

很多时候，旁人能看到的只是事情的表面，只是两个人的身高、长相、学历、经济等外在条件是否匹配，而不是他们内心的交流和感受，更看不到他们给彼此的爱意和温暖。所以，我们才看不懂那些“不般配”的爱情。可是大家都忘了，往往不般配的爱情，都有很深刻的原因，都有旁人看不懂的情深。**那些所谓的不般配的蹩脚理由，都是旁人臆想出来的，并不是当事人真实的看法和感受。**

所以，还是少插手别人的爱情，少对别人的爱情指手画脚比较好。

与高冷无关，

我只是不需要那么多的Hello Friend

1

小花生日那天组了一个十几个人的局，一行人在“日月光”酒足饭饱之后，直奔“台北纯K”。

到场的基本上都是小花不同圈子的朋友，我一个都不认识，然而这并不妨碍大家在一起玩。年轻的陌生朋友之间，第一次见面，如果有歌、酒和游戏助阵，就很容易玩得开。KTV里，摇骰子的、喝酒的、斗歌的、玩手机的……

一直玩到凌晨2点多，才意犹未尽地散场。

凉风习习，酒后微醺，几分飘摇的小花和我在路边等出租车。

她突然冒出来一句："Summer，你今晚有点高冷啊。"

我说："高冷？我哪里高冷了，既没有穿高跟鞋，又没站在冰箱上，我这么活泼可爱接地气。"

她被我逗笑了，说："你真是够了。我认真地问你，你是不是不喜欢我这帮朋友啊？"

我有点莫名，答道："啊——没有啊，为什么这样问？我有点摸不着头脑。"

她说："哦，就是晚上在KTV，开始大家都比较拘谨，只跟旁边的人交流，几轮游戏过后，玩得开了，都拿出手机互相加了微信，留了联系方式，说以后可以一起出来玩。但我发现，你没有主动加过任何一个人的微信。所以我才觉得，你是不是不喜欢我的朋友。"

原来因为这个，双鱼座的妹子果然都是心思细腻。

不想小花胡思乱想，我连忙解释道："你的朋友都很活泼、很玩得开，看着人也都蛮好相处的。我没有加微信，完全是出于个人的原因，你不要多想。陌生人之间的聚会场合，大家都是萍水相逢，不存芥蒂地在一起开心地玩一场就很好了，至于留不留联系方式，那并不是重点。况且，我越来越觉得自己不需要那么多所谓的'朋友'，不需要那么多的 Hello Friend。"

她说："Hello Friend？你好，朋友？这又是什么鬼？"

然后，我就跟小花讲了Hello Friend的这个梗。

Hello Friend这个概念是一个乌克兰的女生Katherine教给我的，我跟她是大学时通过“技能交换”认识的。2013年，她被公司外派到宁波工作，刚好住在N大附近，我们每周见面两三次，她陪我练英语口语，我教她讲中文和写汉字。

有一天，她拿了一本厚得像一块砖头似的成语词典，兴冲冲地跑过来问我“点头之交”是什么意思?

当时，我还不知道有Nodding Acquaintance（相识不深的人）这个词组，纠结了半天这个成语怎么表达，最后用了一种自以为很聪明的解释方法。

我跟她说：“‘点头之交’in Chinese，used to describe a kind of friends you know of，but you don’t really know about them。”我以为自己解释得挺清楚的，因为我很清楚地记得以前高中英语课讲词义辨析的时候，老师说过，know of 表示了解得不深，知道一点儿，但know about 表示非常了解，是深层次的知道。那我就想，“点头之交”不就是你know of的朋友?

Katherine还是用迷惑不解的眼神望着我。

我只好求助于肢体语言，又补充道：“Well，I mean you? meet a strange guy in the street，you two nod at each other，but you are not familiar with each other…”

“Oh，I see，you mean hello friend.” Katherine的眼睛明亮起来。

“Hello Friend？”这下轮到我不懂了。

“Yeap! Every day，you say hello to everyone you meet，but you rarely hang out with most of them，'cause they' re not your good friends or real friends.”

“Yeah，you’re right.”“点头之交”就是 Hello Friend。

对于那些生活中偶然相遇的人来说，我是他们的Hello Friend，他们也是我的Hello Friend。我们一生中会遇到很多人，有些擦肩而过，有些虽然擦肩而过，但留下了联系方式。可是，留下了联系方式也未必会联络，联络了也未必有话说，就算聊天也不一定能真的成为朋友。那干吗还要留联系方式，干吗还要联络呢？

2

我一直都觉得只有志趣相投的人才能成为真正的好朋友，其余大部分人，都是偶然相遇的“点头之交”，而我们真的不需要那么多点头之交。

我身边有很多朋友，都很清楚这一点，所以，他们吃喝玩乐的是一个圈子，谈天说地的又是另外一个圈子。衣服可以混搭，但朋友圈未必总能杂交。

不知道从什么时候起，聚会场合是否加对方微信，开始变成判断一个人愿不愿意与对方交朋友的一种信号了。但事实上，我们每个人的微信好友里，有一大半都是“僵尸好友”，真正聊得来、能深交的，寥寥无几。

给你每一条微信点赞的就一定是朋友？搞不好人家只是每天无所事事、刷朋友圈的时候，刚好不小心看到，或者是手滑点到了。你以为人家时刻在关注你、关心你，但其实人家可能连你的真名都忘记了，也压根就没有看清楚你发的是什么文字、配的是什么照片，更遑论通过朋友圈的蛛丝马迹揣测你的心情和际遇了。

像今晚遇见的这些人，我们在一起喝酒、唱歌、玩游戏，自然是开心尽兴。然而，如果换一种场合和氛围，我们未必能够玩到一起。再者，如果有些人真的可以成为好朋友，那一定会拥有很多互相吸引的特质，而这些特质构成的磁场一定会让我们再次相遇。

之前，有个朋友组织一起去爬山，当时没留下联系方式的两个人居然在一次逛书店的时候偶然相遇了，自然是当场交换了微信。虽然我们很少在微信上聊天，但是彼此都很开心认识了一个可以说话的朋友，有很多共同的话题可以聊。交朋友，难道不是为了开心？既然是为了开心，自然是要找跟自己同一个频率的人啊。那些连沟通起来都很吃力的朋友，两个人都累，何必还要交往呢？

我有一个很好的朋友曾对我说过，我们每天都会遇到很多人，但不是每一个人都能做朋友，只有饭点、泪点和笑点都在同一个频率的人，才能够成为很好的朋友或情侣。我赞同他的观点，古人说“君子和而不同”。截然不同的两个人成为好朋友的概率有，但不高，绝大多数玩得好的人，一定是兴趣、爱好、性格或价值观交集甚广或极为匹配的人。以前伯牙和子期，管仲和鲍叔牙都是这种类型的朋友。

所谓的心智成熟，并不是海纳百川，越来越包容，相反地，它是一个越来越挑剔的过程。知道自己要什么，不要什么，什么人可以交往，什么人最好离得远远的，也不会为了迁就一个人，勉强做一些不能使自己感到快乐和骄傲的事情，因为，根本就没有这个必要。与其讨好别人、讨好世界，还不如省下时间和精力来讨好自己，毕竟每个人拥有的能量是守恒的。**你投入了很多没有必要的时间跟精力，消耗在与Hello Friend的无意义的社交上，最后能留给自己真正的知己好友的相处时间却少得可怜，这完全没必要**。

所以，我不要那么多点头之交的Hello Friend，有几个真心的好朋友就够了。

因为知己好友才是可以和我们一起跳出时间和空间的制约，始终能把酒言欢的人。我清楚你的口味，你也知道我的喜好。我懂得你的张狂，你亦明白我的悲伤。只有同样的人才能实现这样的默契。

我们是一样的生物，就算经历了宇宙洪荒，也还能保存在同一个地质层。

3

好朋友阿飞说她弟弟想找一份设计方面的实习工作，让我帮忙。我跟她说，让你弟把个人履历和代表作品发到我邮箱，后面的事情我会搞定的。回完了她的信息，我就立刻在自己做广告的朋友里面打听开来了，又另外拜托了几个朋友帮忙打听，几天之后就安排好了，她弟弟可以进上海的一家广告公司实习。

中学同学晓晓，让我帮她在上海找一份销售类的工作，我问了几个做销售的朋友，没有谁的公司在招人，等了一阵子，也没什么消息，就委婉地回了她。

前同事S，让我义务帮他写一个活动策划案，第一次，我碍于情面帮了他。没过多久，他又找到我帮忙写别的东西，这一次我就直接拒绝了。

阿飞是我的好朋友，十几年的交情，她开口，能帮的我一定会帮。而晓晓，毕业后就从来没有联系过的人，很多年后第一次搭上线，是让我帮忙，这次又是找工作，所以，我的好感度和帮忙的热情自然很低。至于S，我真的不觉得我们很熟，以前话都没怎么说过，而且他知道我那阵子经常熬夜加班，还理直气壮地让我帮忙写东西。我好像也没有义务每次都帮他啊！

我常常会想，可能，我们每一个人的心里都有三重门吧。

第一重门，打开后，空间辽阔，看不到边际。那里行走着不计其数的泛泛之交，彼此间交集不多，也不了解，更谈不上有什么过硬的交情，只是在偶然间的场合恰巧相遇罢了。

第二重门，空间依然开阔，隐约可见远方的围墙。这里活跃着许多“旅途朋友”，这些人可能是同学，可能是同事，也可能是别的场合偶然相遇的人，因为一些特殊的原因，在某些特殊的时间段里，你们相遇了，成了朋友，陪伴着彼此度过了人生中的一段旅途，而后，再次分别，散落天涯。

第三重门，可能小得只有一座城堡那么大。那里住着你生命里最重要的那些人，你的家人，你的爱人，你最好的朋友，不管你们是否在同一座城市，不管你们是否在一起生活，他们总是出现在离你心房最近的位置。

第一重门里的人向你寻求帮助，你可能多半是看心情；第二重门里的人向你寻求帮助，你可能多半看关系深浅或利害关系；一旦遇到第三重门里的人，你根本就不会去思考，不会去权衡利弊，只会做出最本能的反应，一定会帮他们，帮得上的立刻帮，帮不上的创造条件也要帮。

人类终归是情感动物，在我们的心里，每一个人都是分等级的。

原来，

现在你只想要容易掌控的爱情

1

去年年底回老家时，我参加了表哥的订婚宴。

他的女朋友是1993年出生的，比他整整小10岁。在我印象里，表哥一直是那种很聪明、很有规划的人，看问题很长远，眼光也很挑剔。所以，当时的我，装着一肚子的疑问，一直在暗中打量那位传说中的未来大嫂。

她长得还可以，个子也高挑。美中不足的是，看起来有点像那种Silly Girl，没什么内容。

订婚宴结束后，长辈们都去打麻将了，剩下一群晚辈在房间里聊天、打闹。眼见未来大嫂拿着一个iPad去隔壁房间看韩剧了，心直口快的我直接奔到了表哥旁边。没等我开口，他抢先说道：“你这个古灵精怪的丫头，又想八卦什么？”

我说：“哥，我能问一个问题吗？”

他说：“你问啊，还不知道你，不让问你就能不问了吗？”

不管他的揶揄，我直奔主题，问：“你喜欢她什么呀？说漂亮吧，也没你原先那个女朋友好看。善良、孝顺呢，我现在也看不出来。”

好像有一抹光划过他的镜片，他停顿了一会儿，说了四个字：“容易掌控。”

被这个答案惊到了的我，声音不自觉地提高了好几个分贝：“什么？容易掌控？”

我看着他，似懂非懂。

不甘心的我，又继续追问：“那爱情呢？爱情怎么办？”

他揉了一把我的头发，说：“傻丫头，爱情对男人来说，本来就不是必需品。在恋爱和婚姻中，我们更想要的是一切尽在掌握的‘稳定’。”

他撒谎，他以前那么爱姗姗姐。

他变了，他以前不会这样想的。有一瞬间，我觉得眼前的这个人很陌生。

原来，现在你只想要容易掌控的爱情。

可是，爱情为什么要跟“掌控”这样的字眼挂上关系呢？**一个真正爱你的人，压根就不需要你花心思去掌控，那些不爱你的人，就算是你费尽了心思，也掌控不了啊**。如果一场爱情，到最后只能沦落到“掌控”与“被掌控”的地步，想想，其实挺可悲的。

2

可为什么现实里有那么多人，都想要“容易掌控”的爱情呢？

重新看了一遍《失恋33天》，小说里魏依然和黄小仙的一段经典对话，给了我答案。

当魏依然问黄小仙你为什么那么讨厌李可时，她转过脸来，很认真地说：“其实，我特别想代表广大的草根阶层未婚女性问一个问题。”

她说：“你看啊，像你这样一个硬件够硬、软件也不错的优秀男青年，选择的余地很大，层层过滤下来呢，最终会剩下一个什么样的姑娘我不知道，但我觉得，不应该是李可这样的。当然啦，你不是个特例，你和李小姐这种组合很常见，我生活中见到的很多优秀男孩子，身边都配着这样一个姑娘，张口LV闭口Prada，你要跟她聊聊什么是爱情的真谛吧，她肯定就会说，你给我的信用卡透支额度，就是我爱情的真谛。为什么呀？为什么固定搭配都变成了这样？”

黄小仙说这番话的时候，坐在一旁的魏依然脸上一直挂着一种别有用意的笑。

等她的长篇大论说完了，魏依然只答了一句话：“其实这个问题的答案特别简单，就两个字——省事！”

对的，省事。也许“省事”就是“容易掌控”更为直白的解释。

那些想要“容易掌控”的爱情的人，都是为了省事儿，因为容易掌控的爱情一定省心、省力，不用那么爱，不用花很多真心，不用花很多时间，也能够轻易地讨好。因为当荷尔蒙分泌完了，当所有的心动、激情和爱意都消耗完了的时候，还有金钱、物质和手段这样的东西来维系两个人之间的关系。

魏依然说：“黄小仙你这样的女孩子太复杂，你们要的东西太复杂。”

黄小仙说：“是的，我们要的太复杂，但是，如果世间所有的恋爱，都像你说的那样才算正常，那我宁愿晚景凄凉。”

容易掌控的爱情，省心的爱情，黄小仙不想要，我也不想要。

因为，在我心里，**真正的爱情，只有爱与不爱，没有谁要掌控谁，也没有谁比谁更省事儿。当你心里想着、筹谋着“掌控”与“省心”的时候，你已经丧失了获得真爱的资格。**

3

2015年，30多岁的胡歌开启新一轮的“霸屏模式”，他主演的《伪装者》《琅琊榜》和《大好时光》三部电视剧，长期霸占着新浪微博的热门话题。

坦白说，前两部我是奔着颜值、剧情和演技去的，第三部则完全因为胡歌一个人，演员和剧情硬伤太多，这里我就不吐槽了。倒是里面的女三号，让我刮目相看。

她叫夏冰冰。

在《大好时光》里，她与胡歌扮演的男主角袁浩是男女朋友的关系，严格意义上讲，她是袁浩的第二任女朋友。但是，她跟袁浩之间的感情，完全是自己处心积虑的结果，在他们由陌生人发展为恋人的这段过程中，夏冰冰至少运用了“以退为进”“欲擒故纵”和“诱敌深入”几个计谋。

是的，通过一切尽在掌控的筹谋，她顺利拿下了眼前这个年轻、帅气、多金的“黄金单身汉”，当上了袁浩的女朋友，并且登堂入室。

但是，自始至终，她都没有得到袁浩的爱情，也没有得到袁浩的心。当她伪装出来的美丽、善良、通情达理的面具被粉碎时，也就是她跟袁浩这段感情被埋葬的时候。

最后，袁浩还是跟那个真实、善良、聪明、嘴硬、暴脾气的茅小春在一起了。

如果这个世界上有两个人注定要在一起，那他们的每一步，都在朝着对方走去，不偏不倚。会在一起的人，终究会在一起。真正的爱情，不需要努力，不需要筹谋，不用要心机、玩手段。

再好的朋友，也经不住一直当你的情感垃圾桶

1

曼曼是我一个很好的朋友，人很好，很大方，会照顾人，我们经常在一起玩。

但去年有一段时间，我很害怕接到她的电话，更害怕她约我出去玩。因为我知道，她又要找我“倒垃圾”了。

那阵子，她刚和交往了三年的男朋友分手，处于情伤期的她，经常找我倾诉。我们是朋友，而她又处于刚刚失恋的特殊阶段，我对她自然是有求必应，只要她打电话过来，我都会立刻放下手中的事情，

耐心地听她讲。听的过程中时不时地点评分析，末了还会说几句鼓励的“鸡汤”，“你这么好，离开了你是他的损失”“其实你们并没有想象中的合适，既然不合适，现在及早分手反而是好事情”，等等，只是为了帮助她尽快振作起来。

每个人分手以后都会经历一个“过渡期”或“缓冲期”，这是一种分手后的例行仪式，也是对前任和已经过去的感情的尊重。

在这个特殊的时间段里，每个人会用不同的方式进行疗伤和情感的自我修复，有的人的疗伤方式是内部消化，一个人咀嚼掉所有的爱与记忆，慢慢地放下；有的人的疗伤方式是逃避和埋葬，离开伤心地、处理掉一切能勾起以往记忆的物品；有的人的疗伤方式是很快地进入下一段感情，把对一个人的温暖转移到另一个人身上；还有的人的疗伤方式是释放和宣泄，是把所有受过的伤通过一种特殊的方式排解出来，比如酩酊大醉、号啕大哭、不断倾诉。

很明显，曼曼用的是最后一种方式，她选择用不断地倾诉来释放掉自己在感情里受到的委屈和伤害。我理解她，所以我陪着她。可我没有想到的是，曼曼分手的“过渡期”有点长。长到让我觉得，她不需要我这个朋友，只需要我这个称职的“情感垃圾桶”。

她跟男友分手三个月以后，还经常打电话向我倾诉，说她想他了，说她对他那么好，他为什么要跟自己分手，说想念他们以前在一起的生活。只要情绪一起来，只要回忆一打开，曼曼就停不下来了，常常一个电话打好几个小时，听电话听得我耳朵都痛，常常她说的故事、她说的话，都已经说过好几遍了，我不仅清楚每一个故事的梗概，更知道每一个细节。

时间长了，我开始烦了。

因为她倒给我的垃圾，我也是需要消化掉的，如果不及时地处理掉，我就没有办法用一种积极和乐观的状态面对自己的生活。终于有一天，我爆发了。

那天是晚上12点左右，我刚在公司加了几个小时的班，回到家里的时候已经身心疲惫，连洗澡的力气都没有，想躺一会儿歇歇，再爬起来洗澡。谁知道，我刚一躺下就接到了曼曼的电话，有一瞬间我想拒接的，可是不忍心，又碍于面子，还是接了起来，用有气无力的声音回她："怎么了？"

她说："你能陪我聊会儿吗？"

我说："你说……"

然后，她又开始了漫长的碎碎念。

半个小时后我受不了了，说："曼曼，你能听我说几句话吗？你们已经分手了，不管你现在再怎么念念不忘，这件事情已成定局，没有意义了。你们分手都快半年了，都已经有了各自的生活，你就不能潇洒点吗？"

那是我第一次用无比冰冷的语气探讨她的感情问题，她"我"了半天，没说出下文。

于是我把积攒的不快一次性吐露出来，噼里啪啦地说：“曼曼，我们是朋友，我理所应当在你伤心、难过的时候陪在你身边，听你倾诉。可你有没有想过，我也有自己的工作和生活，我也会有烦恼。不是每一次你给我打电话的时候，我的心情都很好，但我每一次都要像没事一样地听你把故事说完。每一次跟你打完电话，我的心里面都很堵，像被填满了湿答答的棉花，是无法呼吸的那种难受。每一次跟你打完电话，我都要想办法把这些消极的情绪处理掉，不然我会很烦躁，很容易暴躁，变成一颗定时炸弹。你知道吗，我刚加完班，好累，现在就想赶紧洗个澡，好好睡一觉……”

她说：“对不起，因为你了解我，因为你会懂，所以我就想说给你听。但是，我只顾着自己的情绪，却忽略了你的感受，真的对不起……”

我很严肃地说：“曼曼，没有人会喜欢‘祥林嫂’的。答应我，不要当‘祥林嫂’，那样，一点儿也不可爱。”

可能“祥林嫂”三个字真的刺痛了曼曼，那天以后，她很少再跟我倾诉感情上的烦恼。谢天谢地，我们两个人在一起的时候，话题终于不用再围绕她和她的前任了。

今年，她交了一个新的男朋友。

她依然会在遇到一些情感挫折的时候，找我倾诉，但她再也不会一直说，不会重复说了。

很久以后，她才说，她知道我的用心，她知道我不是不把她当朋友、不够意思，只是希望她能够学会自己处理消极情绪，不要总是依赖别人，通过向别人倾诉来排解。因为每个人都会有自己的烦恼，别人也会累的。

2

大学时，每次生活或学习上遇到一些烦恼、挫折的时候，我都会打电话跟好朋友倾诉，有时一晚上能打好几个小时的电话，打给不同的朋友，说的是一样的烦恼。心里的烦恼说出来以后，心情就好多了，所以，我一直没觉得这有什么不妥。

后来，有一天，秦歌让我帮她接电话，打发一个朋友。我接过手机，说她出去参加社团活动，手机忘记带了，电话那头的人很失落地“哦”了一声就挂掉了。

我问秦歌为什么不接电话。她说那是她一个高中同学Z，以前大家玩得挺好的，但是她现在很烦她。

Z每次打电话过来，都是在“倒垃圾”、释放“负能量”，说自己上了垃圾学校，老师教学不行，同学也都是混日子，搞得自己也静不下来学习了。说生日的时候男朋友送的礼物不喜欢，两个人吵架了，等等。她以为安慰一下就没事了，可她安慰完以后，Z还是没完没了地打过来说那些事，还是在不停地“倒垃圾”。

她现在特别怕她给自己打电话，每次都是能躲就躲。

没有人愿意一直当你的“情感垃圾桶”，即使对方是你的好朋友，即使对方是一个很好的垃圾桶。因为垃圾桶也会满，垃圾桶也会累。我们不能只想着自己，而不为别人考虑，这样太自私了。

有了消极情绪，自然是需要一个出口释放，但我们不能每一次都通过别人释放。我们都是成年人了，应该学会自己处理好工作、生活和情感上遇到的问题、烦恼，学会自己排解和释放消极情绪，不能一直依靠别人。如果一直向朋友倒垃圾，我怕最后，连一个能说上话的朋友都没有了，因为他们都被吓跑了。

另外一个朋友E，我现在跟他已经完全不联系了。

就是因为受不了他的抱怨。他老是讲工作不顺心、老板不好、同事难相处，每一次遇到问题的本能反应都是逃避和抱怨，却从来没有想过为什么自己老是遇到这样的事情，从来没有反思过自己，所以混得越来越差。我跟他长谈过几次，但我还是改变不了他的想法，所以我只能选择放弃，只能远离他。

因为，我不想我的生活总是被“情绪垃圾”和“负能量”搅乱。

遇到问题、烦恼，可以抱怨，但不能只是抱怨。因为抱怨是解决不了问题的。情绪释放完了以后，要勇敢地面对问题、解决问题，这样日子才会越来越顺风顺水。

父母为我们选的路，往往是最好走的一条

1

老家的县城里有一家远近闻名的面皮店，叫“红辣椒”，一个人在上海生活的时候，经常想起那个味道，所以，每一次放假回家，都一定要去那家店吃一碗招牌面皮。

大三的那个夏天，我又一个人跑去“红辣椒”寻找记忆里的味道。

点好单，刚坐下，就感受到斜对面桌子投过来的有温度的目光。

我盯着她的脸看了半天，狐疑着难道是认识的人？只见那人端着碗，径直走了过来，坐到了我的正对面，说了一句：“林夏，好久不

见，怎么，不认识我了？”

见我没反应过来，她又补充了一句：“我是阿宁啊，你的初中同学，你不记得了？”

“阿宁，你是阿宁！不好意思啊，我刚才反应有点迟钝。”

她说：“没事，好多年没见了，一下子认不出来很正常。你倒是没怎么变，好像瘦了一点。你现在念书还是工作？我在老家都看不到你，你是不打算回来了吗？”

我说：“还在读书，今年大三，明年毕业了才正式开始工作。应该不会回来的，回来了也不知道做什么。”

她怅然若失地说了一句：“还是念书有出息，你能到大城市发展，我就只能在老家将就过日子了。”

察觉到她的情绪，我赶忙安慰：“你千万别这么说，老家有老家的好，外面有外面的好，都一样的。而且，你想出去工作的话，随时都可以啊。再说了，每个人想要的东西不一样，喜欢的生活方式也不一样。有的时候，不需要太过在意别人的看法，我们自己喜欢就好了。对不对？”

但我的话，好像适得其反了。

“书念得多，就是不一样。你们这些大学生啊，讲话都是一套一套的，嘴巴真是厉害得不得了啊。”她的声音忽然提高了几个分贝。

时间像卡住了一样，动作迟缓。那顿饭，吃了很久。言谈之间，才知道她这几年的遭遇。

初二辍学以后，她在家里闲了很长时间，天天上网打游戏，要不就是出去玩。后来，连玩都不想玩了，觉得生活一点意思都没有，就跟家里人闹，要出去打工赚钱。她爸妈死活不同意，但他们根本就拦不住她，她就一个人跑到江浙一带打工了。因为没什么学历，愿意用她的单位不多，更何况当时还未成年，只能做一些零碎的工作，饭店、宾馆、理发店都干过，干的都是一些辛苦的活儿，也挣不到什么钱。身边也没什么往来的朋友，日子过得很清苦。

再后来，爸妈说，年纪不小了，该定下来了，她自己也不愿意再在外面漂着了，就干脆回老家相亲、结婚了。现在在一家超市当收银员，每天站得腰酸背痛。

她说，以前根本不觉得念书有什么用，看不上那些拼命念书的人，总觉得没有文化的人照样能混得很好。可真在社会上摸爬滚打后才知道，还是有文化有出路。但是，现在回头太晚了。还是羡慕你们这样的，能念下去书，上完大学能找那种坐在办公室里又舒服又体面的工作。

我只觉得四周气压极低，胸腔有些憋闷，明明碗里放了很多辣椒和醋，却几乎尝不出味道。

想要努力地安慰她，可心里又无比清楚，此时此刻，无论我说些什么，都无法抹掉她的落寞和失意，更无法帮助她改变现状。我唯一能做的，就是以一个老同学的身份，当一个安静的倾听者。

最后，她叹息地说了几句：“如果——唉，如果我当时没有辍学，如果当时听爸妈的话好好读书，跟你们一样，一直读到大学，是不是就不一样了……”

是啊，如果她当年听父母的话，好好读书，生活可能真的是另外一番风景。至少，在工作层面上，她能选择的行业和职位范围更广，工资也会更高。

可是，生活是没有办法假设的。

2

其实，中学时代的我，也曾“迷失”过一阵子的。

那时，上课除了认真听老师讲课，真的是什么坏事都干过了，讲话、传纸条、抄歌词、看小说、下棋、嗑瓜子，数都数不过来。放学也不老实，经常以“到同学家做作业”的名义跟朋友出去玩，流连在那个年代最盛行的几个地方——网吧、游戏厅和溜冰场。

但纸终究是包不住火的。

有一天，天色很晚了，我还没回家。爸妈就满世界找我，最终在跟我家只隔了一条街的网吧里，找到了正在玩QQ游戏的我。不用讲，我被毒打了一顿。我向他们保证以后再也不偷偷上网了，一定好好学习，以后保证考上一本什么的。

嘴上这样说，心里从来不觉得自己错了。我总觉得他们认为读书才能有出路，是封建思想作祟，都什么年代了，还把好好读书考大学找个好工作当成唯一的成功轨迹，真是可笑。

长大以后，在社会上历练过后，才发现原来最肤浅、最无知的人是我自己。

身边有太多的牛人，都是国内外名校毕业的，学识、能力和修养都秒杀我N个段位。读书真的是有用的，只要你不是死读书。

而且，虽然条条大路通罗马，但不是每一个人都有足够的能力和魄力，走出一条康庄大道的。我们看到和听说的那些，早早地辍学仍闯出一片天地的人，要么是拥有我们不具备的能力和资源，要么是抓住了某个特定的机遇顺势而起。但这样的人，从来都只是寥寥。绝大多数的我们，都是平凡的大多数。

所以，中国的绝大多数父母，才会不遗余力地逼着孩子好好读书。他们心里清楚，知识是有用的，是在将来他们照顾不到孩子的时候，一定能帮到孩子的东西。

3

表妹姗姗，独生子女，家境优渥，从小集万千宠爱于一身，她在上大学以前，从来没出过远门，从来没有离开过爸妈的羽翼。

2013年毕业前夕，她找我谈心，说："姐，我快毕业了，你说我以后能做什么工作呢？"

我说："英语专业一般就五条路，当英语老师、做翻译、做外贸、考研或者出国。当然，如果你不想从事与专业相关的工作，就得问问你自己喜欢什么，想做什么了。”

她沉默了一会儿，才说：“我还没想好。从小我的生活都是爸妈安排好了的，本来，他们想让我考公务员，说只要我考上了，别的事情都会打点好。还说知道我一直对服装方面比较感兴趣，可以帮我开一家服装店，他们只赞助一部分资金，但具体的店面选址、装修、服装风格、客源等，都由我自己搞定。可我不想每一次都走他们安排好的路。我想像你一样，一个人在大城市奋斗，我还没有体验过奋斗的感觉呢，不甘心。”

我怎么会不知道她的心思，从小到大都太顺了，现在想折腾折腾。

我说：“你有自己的想法，想换一种生活方式，这一点很好。但是，如果只是为了反对而反对，就真的没有必要。”

她说不明白我后半句话的意思，我说没关系，以后你就懂了。

毕业后，她一个人单枪匹马地跑去北京了，进了一家有名的培训机构当英语老师。

经历了刚开始找房子、找工作的艰难后，她很快就适应了在北京的生活。因为刚毕业，年轻漂亮又有活力，跟学生一点代沟都没有，经常在规定的课程内容上完后，用英语跟大家讲网上的热门新闻和冷笑话，分享好听的英文歌曲和电影，深受同学们的喜欢。

突然有一天，我接到了她的电话，她说：“姐，我现在明白你那句话的意思了。”

当时，她不顾父母的激烈反对，一个人跑去北京工作，她以为这就是她想要的。

但事实证明，她错了。

从小到大一路都很顺畅的经历造就了她恬淡的性格，不喜欢争抢。但是，在像北京这样生活压力巨大的城市里，很多时候你不得不去争、去抢，因为所有的资源都是有限的。她不喜欢拥挤的人潮和地铁，不喜欢无休止的加班，不喜欢激烈竞争下的尔虞我诈，虽然自信调节心理状态后也能适应这些，可这一切都不是她想要的。

她凭什么为了自己讨厌的生活状态去努力?

几个月后，她考上了县里面的公务员，家里人知道她的脾性，托了点关系，把她弄进了一个人际关系简单也相对清闲的部门。

她又跟朋友合开了一家服装店。因为她总能迅速捕捉到时尚潮流的趋势，又对服装的颜色和搭配有独到的见解，加上开创了独特的VIP私人订制服务，很快就拥有了一大批粉丝。

现在，她每天都过得很充实，很快乐。

她后来说，原来**爸妈从来都不是想控制她，只不过他们比自己还要了解自己，所以早就帮她做了最好的选择**。只是她的反应太迟钝了，非要折腾以后才知道自己要什么。

4

我的同学阿宁，因为当年不明白爸妈让她读书的苦心，顽固反抗，中途辍学，结果失去了更多选择的机会。表妹姗姗，倒是幸运许多，叛逆过，尝试过，及时悬崖勒马，过上了她想要的生活。

好像全天下的父母，都希望自己的孩子好好读书，读完大学后，再回到家乡，回到他们身边，做像老师、公务员这样稳定安逸的职业。

但往往父母们煞费苦心的安排，换来的是孩子们的不解和奋力反抗。

我们总是埋怨他们不懂我们，埋怨他们这样做只是为了控制我们，但我们却从来没有坦诚地跟他们沟通，试着去了解他们的想法，也让他们去了解我们的想法。

你有没有认真地想过，我们究竟为什么那么抵触父母为我们规划的道路？当我们反抗的时候，是因为明知自己不喜欢，不适合，而反抗，还只是因为叛逆，不甘心被父母掌控，为了反抗而反抗？

如果是后者，必然是两败俱伤。

所以，当父母试着帮我们规划人生，安排轨迹的时候，我们是不是应该与他们来一次敞开心扉的谈话。问清楚，他们这样做，是因为他们为人父母，舍不得我们离开身边，不忍心我们在外面孤苦打拼，想为我们安排一条更舒服、更容易走的路，还是因为他们了解我们，知道我们的性格、脾气，想为我们选择一条更适合的道路？

因为，父母帮孩子选择的路，往往是最好走的一条。

我们每一个人，

都在练习一个人

我总是一个人在练习一个人。寂寞是脚跟，回忆是凹痕，我一个人共存。

——林宥嘉

1

我叫林夏，我在上海，1989年出生，巨蟹座。

我闹腾起来能把房顶掀了，安静起来细微如尘。

我一个人读书、工作、旅行、走走停停，也一个人看书、写字、画画、天马行空。在无数个清冷寂寥的日子里，是音乐、文字、电影陪着我对话谈心，细水长流。我练习一个人生活，练习一个人照顾好自己，练习让全世界都对我保持放心。

我喜欢在安静的关了灯的房间，单曲循环林宥嘉的《我总是一个人在练习一个人》。

我总觉得，林宥嘉用他低沉而富有磁性的声音织了一层密密麻麻的网，网住我身体里面每一个细胞的忧伤。

不管你是谁，所有的落寞和失意总是容易在夜深人静的夜晚爆发。

可我知道，这个世界上，有很多人跟我一样，总是一个人，在练习一个人。他们生活默认的模式，是一个人的生活。所以他们，那么努力地过好一个人的生活。

我的故事很简单，喜欢我的人和我喜欢的人，不是同一个人。

西西是我的好朋友，1990年出生的软妹子，一只可爱的小狮子。

大学里，她交过一个男朋友，那个人为她写过诗、唱过歌、打过架，那个人会牵着她的手去看电影，揽着她的腰教她打桌球，抱着她的书陪她上自习。可是，那个人后来爱上了别的人，最后牵了别的姑娘的手。于是，他们和平分手。

毕业后，西西不顾父母的反对，一个人跑去了山长水远的哈尔滨工作，开始了一个人的生活。

她每次出门前，一定会在心里默念“伸手要钱”的口诀，检查包里是不是放好了身份证、手机、钥匙、钱包，她知道少带了任何一样，都一定会引起不必要的麻烦。而她，没有人可以善后。

如果第二天要出门，她一定会在前一天晚上查好天气预报，因为她知道如果下雨了，不会有人给她送雨伞。所以，最好的方式是，要么做好淋雨感冒的心理准备，要么未雨绸缪地带上雨伞。

如果是周一到周五的工作日，她一定会在前一天晚上入睡前，定好闹钟，她怕一不小心就睡过了头，怕没有人在身边叫醒她。如果第二天开会，她一定会根据会议的地点、时长来决定是穿高跟鞋还是平跟鞋。如果公司安排出差，她一定会提前准备好感冒药、创可贴、晕车药等出行常备药物，只为了以防万一。

她说，她想在漫天飞雪的时候遇见一个人，谈一场轰轰烈烈的恋爱，那恋爱最好与婚姻有关，就算那个人走得慢一点也没有关系，她还有时间，她愿意等。

东东在杭州，1987年出生的天蝎座，是我一个朋友的朋友。

因为从小遭受过巨大的家庭变故，大人面前，他从来都是那个报喜不报忧的人。

每次跟家里打电话，他都用兴冲冲的语气：今年又得奖学金了，毕业论文评了优秀，老板前阵子表扬我了，还给我加了薪，家里欠亲戚朋友的钱又能还上一些了。

他一个人上班，下班，吃饭，睡觉。他一个人在陌生的城市打拼，明明是个大男人，却比女孩子还会做家务，他会洗衣、做饭、打扫房间，他会换灯泡、通厕所、修电脑，他甚至会钉西装上掉了的纽扣，而你很难看出针脚的痕迹。

他总是对生活中的压力和心酸一笑而过，他觉得，男人嘛，就该对自己狠一点。

他喜欢过一个女孩，整整七年，可她后来去了澳大利亚读书。

她说她会回来的，所以他一直等，等了一年又一年，等到倒背如流的那一串号码成了空号。他尝试过通过朋友去找她，别人含糊其词的答案让他知道真相会很残忍。他曾经无数次买了飞往墨尔本的机票，又无数次退掉，他不知道要以怎样一种身份出现在她的面前。

他说，他会忘记她，然后，爱别人。

2

我们曾经一个人生活，后来是两个人，最后又变成一个人，现在在等另一个人。

于是，我们练习一个人的生活，练习将一个人的生活打理得井井有条。你说，我们活该！活在自己精心制造的笼子里，别人进不来，自己也出不去。一副明察秋毫、洞悉一切的样子。

你以为我们会大声反驳、气急败坏地与你们争论，但我们没有。因为有时，连我们自己都这样觉得。可偏偏，别人看不见、读不懂的那一份孤独寂寥就像是一种戒不掉的“瘾”，似乎已经渗透到了身体的细胞里。

如果说我们的心里有一张网，那么每个网孔里都一定有一个“心结”，这个“心结”是我们的致命毒药，也是我们治病的“解药”。

这个世界上有很多人，过着一个人的生活，躲在自己一个人的世界里。

他们是别人口中的独立、自我、沉默、孤僻、冷傲、难搞。但事实上，他们真诚、善良、活泼、幽默、健谈、容易相处，他们只是特别没有安全感而已。

他们害怕自己敞开心扉，却换不到一份坦诚相待的感情；他们害怕自己小心翼翼守护的秘密和伤口，你一转身就当作笑话讲给别人听；他们更害怕自己掏心掏肺对待的人，有一天会对自己刀剑相向。他们可以一直一个人生活，但是不能突然就一个人生活了。

他们不是不健谈，只是没有遇到聊得来的人；他们不是难相处，只是没遇到重要到让他们动用情商的人；他们不是没幽默感，只是你的幽默感跟他们不在一个频道，所以他们不屑于回应。

在那个对的人出现以前，在那个轻易看穿他们眼角眉梢的喜怒哀乐的人出现以前，他们只好继续练习一个人的生活。

一个人活在自己筑造的一方世界里，反复咀嚼着一个人的浮世清欢、一个人的风生水起。

只是偶尔在现实世界里冒个泡，更多的时候你甚至察觉不到他们的存在感。他们用手机和网络与远近的尘世相连，默默地关心着周遭发生的一切。隔着屏幕和网络，你揣摩不到他们的小心思，他们也看不穿你的微表情。

有的时候，看着镜子里的自己，他们会突然觉得很陌生，倒映出的那个人竟陌生得不像自己。

有的时候，他们会不小心被不知道从哪里翻出来的一张老照片、QQ空间里几年前写下的一条状态、朋友聚会KTV别人唱的一首歌、几句好歌词、一部曾与那个人一起看过的老电影，戳中心事，他们表面上不动声色，内心早已暗流汹涌。

有的时候，他们一个人走在路上，会突然失神。

刚才擦肩而过的一个人，走路的姿势和背影好像那个人。前面那个女生挎的手包，她有一个一模一样的。你现在在哪里，过得还好吗？会偶尔想起我吗？可是他们不会有答案，通信录里的默认号码，心里面曾经默念过一千遍的一串数字，却再也找不到任何理由拨一个电话。有时他们抬头仰望天空，用假装思考来掩饰自己的落寞。有时，他们轻轻地叹息一声，而后大步流星向前，似乎要将一切过去远远地甩在身后。

有的时候，他们会一不小心分裂成两个自己。一个火热，一个冰冷。一个平和，一个尖锐。一个叛逆，一个柔顺。一个天真，一个世故。好像，每一个人的身体里都住着两个灵魂，一个像是天使，一个像是魔鬼，互相拉扯，此消彼长。注定了难分高下，没有赢家。

孤独，是身边没有人陪伴。寂寞，是身边陪伴的人不懂你的孤独。我们每一个人，都在练习一个人。我们每一个人，都在等一个人。

后记

坚持
只是为了
有一天能笑着说，

谢谢我，不曾放弃我

1

自从3月决定沉下心来认真写文章以后，就切断了很多不必要的社交。

又是一个周末，一个朋友H打电话给我，说："Summer，明天有空吗？一起逛街看电影吧。"

我说："不了，我周末要宅在家里写点东西。"

紧接着，H冒出来一连串的问题："写什么东西啊？小说吗？发在哪里的？你转行了，还是公司又加班？"

我说："没有啊，就是随便写点文章，业余爱好而已，一般都是发布在微博、豆瓣和简书这种社交平台和一些杂七杂八的网站上。”

我没有说出口的是，我把休闲娱乐的时间都放在写东西上，是因为我有一个当作家、出书的梦想。而这个梦想，也是唯一一个我从小到大都没有变过的梦想，不像是警察、律师和摄影师这些，都只是心血来潮了一阵子。只是长大了以后，越来越少跟别人提及这个梦想，因为觉得不是每一个人都会懂，不想每一次都要解释半天，于是，小心翼翼地藏在心里。

听我这么一说，H的兴趣点迅速地转移了，改问：“那你有稿费拿吗？钱多吗？”

一种无形的压力、隔阂极速蔓延开来，将我们切割成两个对立的世界。

“稿费的话，真的很少，根本不值得一提。还好我不靠这个吃饭，不然，早饿死了。”

电话那头的H好像要跳起来了，说：“那你还写什么！出来嗨！又没多少钱拿，还那么辛苦，在电脑前坐一天腰酸背痛的，何必呢。”

我说：“可是我喜欢写啊，写东西的时候很开心。不如，你找别人一起玩？我最近是没什么心思出去了。”

她坚持，我固执，又聊了几圈，那天我还是没出去。不仅是那个周末，之后的几个月里，我在以往经常出没的社交圈子里都一直处于“消失”的状态。

我想你一定也遇到过类似的情况，当你下定决心要去做一件事情的时候，得不到身边人的理解和支持，迎来的反而是怀疑和不解。如果这个不解的人，只是你生命里一个无关痛痒的路人甲倒还好，但如果是你极为在乎的人，必然会感到孤独和难受。可以尝试着沟通，让对方了解你的想法，但如果沟通了也达不到效果，那就一笑而过好了。

毕竟，梦想这种事情，如人饮水，想要另一个人完全理解，很难。

2

6月，大学校友聚会，我们约在了杨浦区大学路上一家环境清幽的咖啡厅。

大家七嘴八舌地聊着上海校友会以后的规划和今年的年会安排，一个学妹忽然插了一句：“林夏萨摩是你的笔名吧？我在《人民日报》上好几次看到你的文章了。这是你的副业吗？稿费多吗？”

前后间隔三个月，这是第N次，别人问我关于稿费的问题。

坦白说，每次听到“稿费”两个字，被别人问到稿费能拿多少的时候，我的心底都不由得生出一阵阵凉意。这个问题，对别人来说可能只是随口的一问，是一种好奇的探究，但对我而言，却关乎尊严。我写文章是兴趣使然，是因为有一个当作家的梦想，这一切原本与金钱无关。

可奇怪的是，在现在这个社会，如果你长年累月地做一件事情，在经济上却没有明显的产出或回报，多半会被别人当作傻瓜。因为在大多数“正常人”的世界观里，只有傻子才会一直做徒劳无功的事情。

我假装很淡定地回答：“稿费，有的有，有的没有。还好，我也不指望这个养活自己，纯粹是个人兴趣。”

她说：“我看你平时工作也挺忙的，还有时间写文章啊？”

我说：“白天上班，晚上写啊。周末休息的话，就有两天的时间可以用来写东西，一天构思主题和框架结构，一天动笔。”

她有点意外，说：“这么勤快啊，不累吗？”

我说：“不累啊。如果白天上班太累了，晚上到家就先休息会儿，听听音乐，换换脑子再写。”

“那你写作的目的是什么，为了出书吗？将来能出书吗？”

“能出的话，当然要出了。每一个写东西的人，都希望更多的人能看到自己的文字。”

为了避免话题集中在我身上，我将话题绕了回去。

其实，做自己喜欢的事情，怎么会累呢！如果一件事情，你声称喜欢，也以为自己喜欢，但在做的过程中却感到疲倦、厌烦，那我想，这可能并不是你真正喜欢的事情。你要做的，是找到自己真正喜欢的事情，能让自己始终保持热情去做的事情。

出书的想法，由来已久了。开始走写作这条路，是出于对文字的热爱。而出书，是文字这条道路上一个阶段性的目标和梦想。可我也不知道，这条路要走多久，才能被人看见，不知道什么时候才能出版自己的作品。

所以，我只能一直写。**靠着自己的热情和执着，一直写，一直写。一边跋山涉水，一边怀揣着梦想终将实现的信仰。我想，你也一**

样。在追逐梦想的道路上，努力着，坚持着。

有些远方，我们不知道要走多远，但只要不半路放弃，相信时光，终会将我们送达。

3

7月，有一个姑娘给我发了一条私信，说："姐姐，简书上有很多人关注你，喜欢你的文字，好厉害啊。我也很喜欢文字，喜欢看小说，以后也想走作家这条路。你能给我点建议吗？当作家能赚大钱吗？"

因为她说她喜欢文字，所以我特别用心地回了她的信息：

"如果你想走写作这条路，我想我能给你的最简单的建议就是，写，坚持，坚持写！我自己也是个刚入门的人，没有什么特别的好方法，这个方法，最简单，也最实用。当然，如果写完以后，你能向一些写作比较厉害的人请教，让对方指点一二的话，应该会进步得更快。

"至于，写作能不能赚钱这个问题，没有太多的悬念。文人大多清贫。韩寒只有一个，郭敬明也只有一个，在中国大的市场环境下，写得好是其一，有人包装、有人捧是其二。全中国写小说的作家太多了，但身价不菲的有几个？如果你想靠写作这条路发家致富的话，我劝你还是趁早放弃吧。当然，如果你在写作这方面才华过人的话，又另当别论了。"

很快就收到了她新的回复："哦，那算了，我还是干别的吧。幸亏问了你，不然一点都不了解这个行业的行情。"

内心深处，我并不觉得这个姑娘有多喜欢文字，有多喜欢当作家，她只是觉得当作家很光鲜亮丽，有很多人喜欢，有很多钱赚罢了。一旦“当作家”这条路，满足不了她心里最初的那些幻想和预期，她可以立刻头也不回地放弃，从此奔向新的远方。

其实，我说“文人大多清贫”的时候，是一种试探。

对于我们真正热爱的事情，就算明知回报甚微，但只要我们坚持，结局一定会有所不同的。如果在我们从来都没有尝试过，从来没有付出过任何努力的情况下，单单凭借他人的几句话，或者自己不成熟的模糊判断，就决定坚持或放弃一个梦想、做与不做一件事情，是不是太过草率了呢？

我很想从她嘴里听到的话是：“虽然你这样说，但是我就是喜欢写东西啊，就算赚不到大钱也没有关系。”

或者，类似于：“就算你这样说，我还是想试试看。没有亲自尝试过怎么知道呢？”

但她没有。所以，她不会听到我压在后半段的话。

再不赚钱、再不景气的一个行业，只要你做到拔尖，一样可以赚大钱，写作这个行业也一样。虽然，韩寒和郭敬明都只有一个，可中国作家富豪排行榜上的人也不在少数。加上国内这几年IP电影被炒得火热，一个好剧本动辄能卖几十、几百万元。真的有本事、有文笔、有才华，还怕赚不到钱吗？

很多东西，欲先取之，必先予之。没有付出，就只想着回报，往往，什么都得不到。

还是那句话，不去尝试怎么知道？不去努力，哪里有机会成功？

那些梦想道路上，不曾起程的人，半途而废的人，不一定是能力不够、机遇不够，而是决心不够、意志不够、没有坚持到底。

远方，如果不出发，就永远没有机会到达。坚持，才是实现梦想最好的王道。

我是2015年3月底注册的简书账号，开始公开发布文章。6月写了几篇刷爆朋友圈的文章，之后陆续有人来找我，一些杂志和公众号的编辑找我约稿，几个出版社的图书策划编辑找我出书。7月，我跟磨铁签了合同。

然后，就有了你现在看到的这本书。

我想，这算是对“只要你坚持梦想，就会有实现的一天”的一种朴素证明吧。但我更希望看到的是，是你，是每一个追逐梦想的你，有一天，用你的努力和成果证明给世界看，这个道理是对的。

而我们所有的坚持和努力，都只是为了有一天，都是为了梦想实现了以后，能笑着对自己说一句：谢谢我，不曾放弃我。